Colección Sempiterno

TOMÁS ALVA ANDREI

*LA ODISEA
DEL SOL*

Título original: LA ODISEA DEL SOL
Autor: TOMAS A. ANDREI
Primera edición: LA TIERRA – MAYO 29 2024

ISBN: *9798358807211*©

@tomasalva_andrei
tomasalvaandrei@gmail.com

Todos los derechos reservados
ISBN: 9798358807211

Portada: IVAN ZANN –www.bookcoversart.com-
Corrección: MARIA GABRIELA AYALA

No se permite la reproducción total o parcial de este libro, ni su incorporación a un sistema informático, ni su transmisión en cualquier forma o por cualquier medio, sea éste electrónico, mecánico, por fotocopia, por grabación u otros métodos, sin el permiso previo y por escrito del autor. La infracción de los derechos mencionados puede ser constitutiva de delito contra la propiedad intelectual.

Este libro está dedicado a todos aquellos seres que cruzaron mi camino. A los que no pidieron nada y a aquellos que me quitaron un pedazo de ser. A los que me enseñaron a ser mejor persona. A los que me dieron su ayuda y también a los que me la negaron. Incluso a los que me hirieron de alguna u otra forma. *Esta* obra es para ustedes; por ser únicos y excepcionales.

INDICE

SEMPITERNO..*11*

FUEGO Y FRUTILLAS *99*

LOS JARDINES DE LA GALAXIA *145*

*El amor es el emblema de la eternidad;
confunde la noción del tiempo,
borra toda la memoria de un comienzo,
todo el temor de un final.*
– Germaine De Staël -

SEMPITERNO

I

Pasamos un largo rato quemando nuestras frentes al sol mecánico del verano en las nuevas reposeras de madera plástica. La refulgente luna se desplazaba lentamente por un cielo color bordó mientras el aroma del aceite para broncear teñía de metal los pastos que se escondían por la noche y asomaban nuevamente al alba, precisamente retocados y mejorados. Un engañoso viento aclimatado traía consigo los sonidos de grillos y otros insectos idos. Los millones de partículas de oxigeno que volaban por nuestro aire reproducían, a bajo volumen, el ruido de una naturaleza que solo se veía pero ya no se sentía.

Una bandada de flamantes pájaros sobrevoló nuestro jardín sin causar sombra alguna.

—¿Por qué razón no me bronceo? —dije al aire.

—¿A qué te refieres? —preguntó Amanda.

—Ya ha pasado más de un mes desde que han dado comienzo al verano, y sigo igual de pálido que el primer día.

—No lo sé, Oliver. La verdad es que no lo había notado.

—Hace semanas, que durante todas las mañanas no hacemos más que asolearnos, y sin embargo, mi piel está igual que el primer día —dije sosteniendo mi copa de jugo de frutas.

—El verano pasado te sucedió lo mismo —dijo Amanda.

—El verano pasado lo pasamos en los Alpes nevados. No te hagas la distraída, tú lo sabes bien —dije señalando con mi dedo.

—Tienes razón, lo había olvidado —agregó Amanda y luego rio inocentemente.

Oz, nuestro amado gato, subió a mi pecho y se sentó cómodamente clavando sus rasgados ojos en el sol, iluminando sus salpicadas pupilas en un acto de desconfianza eterna hacia el falso dios que iluminaba la tarde.

—Uno creería que ya habrían fabricado un sol eficiente. Mira cómo están los zapallos. Apenas han ganado unos centímetros desde la primavera —dije indignado.

—Ya lo solucionarán, Oliver. No hay nada que podamos hacer.

—Eso es lo que vienen diciendo hace años. ¡Décadas! Y sin embargo, no dejan de enviarnos las malditas píldoras.

—Tienes que pasar más tiempo aquí afuera. Solo

te quedas unos minutos y luego entras a la casa.

—Quizás sea la nueva loción protectora de piel que me regalaste. Desde que la comencé a usar, tengo una extraña sensación en el cuerpo —dije.

—Tírala a la basura entonces. Harby te comprará otra. —Amanda cambió el tono en la voz y habló al aire. —Harby. Nota de compras. Loción protectora de piel para Oliver.

—Nota de compras actualizada, Señora Gripp —contestó una voz artificial.

—Deberíamos comprar una loción refrigerante también. La que tenemos ya no sirve. Debe estar vencida o algo por el estilo porque ayer me fue imposible dormir —dije quejosamente.

—No necesitarías la crema si hubiéramos adquirido un nuevo sistema el verano pasado.

—Otra máquina inteligente en la casa es justo lo que necesitamos —dije sarcásticamente.

—Tú y tu problema con la evolución.

—No tengo ningún problema con evolucionar. Ya lo hemos discutido mil veces.

—Tienes que aprender a ser flexible, Oliver. Es la única manera de sobrevivir en este mundo... bueno, en este lugar.

—Yo soy flexible —agregué presuntuosamente.

—¿Ah sí?, ¿lo eres?, demuéstralo —dijo Amanda desafiante.

—¡La humanidad entera vive en una cuidad espacial, Amanda! Tenemos prohibido regresar a la

Tierra! He dejado mi ciudad, mi antiguo trabajo de piloto, el cementerio donde enterré a mis padres hace treinta años. ¡Mira donde estamos! ¿Acaso no te parece que soy flexible?

—No tienes que enojarte —dijo Amanda riendo—. Eso no es flexibilidad, Oliver. Eso se llama supervivencia. Estamos aquí arriba porque no tuvimos alternativa. Tienes que darme otro ejemplo.

Le eché una mirada resoplando.

—Cuando tú me pediste que dejara de volar, lo hice sin cuestionarlo. ¿O no lo hice?

—No es un gran esfuerzo dejar de trabajar, ¿o sí?

—Lo es cuando amas lo que haces.

—Basta, Oliver. Hemos pasado meses sin hablar de tu trabajo. No arruinemos el desayuno.

—Volvieron a llamar, ¿verdad?

—Tan solo disfruta de la mañana.

—¿Qué querían esta vez, Amanda?

—¿Qué importancia tiene? Les dije que estabas durmiendo y que no estabas interesado en ninguna oferta —dijo Amanda con el sol en la frente.

Las abejas de antimateria transportaban el polen de un lado a otro del jardín. La bañera de litio goteaba diminutos pedazos de metal y el gato perseguía las sombras de los pájaros.

—¿Ya has escuchado la noticia? —pregunté para no contestar a su pregunta.

—¿Qué noticia?

—Anunciaron una nueva misión al Sol —dije

orgulloso.

—Sí, lo sé. Están hablando de eso en todos lados —dijo Amanda.

—¿Quieres más jugo? —pregunté amablemente.

—Claro —contestó.

Dejé la cómoda posición de mi reposera y me dirigí a través de la puerta de vidrio terrestre hacia el pasillo que conducía a la cocina.

—¿Lo quieres con frutillas también? —pregunté desde el interior de la casa.

—Sí, con frutillas —contestó Amanda sin saber que las frutillas habían desaparecido hace menos de cien años. Luego de que el bello fruto dejara de crecer de forma natural, una chispa de azar ardería en los depósitos de semillas y en un acto de distracción perderíamos la roja forma y esos maravillosos puntos dorados que tienen en su exterior para toda la eternidad.

Abrí el aparato de doble puerta y saqué los frascos de frutas cosechadas en la zona Sur de Nicea. Esta mañana tendríamos moras de clima frio, redondos y perfectos frutos de jabuticaba, una roliña deliciosa y varias naranjas de un árbol añejo cuyas ramas se quebraban como madera podrida.

Lo único que aún conservaba el verdadero aroma de la Tierra, eran las frutas.

Harby también se encargaba de regular los alimentos que consumíamos. Si fuera por mí, comería aguacate todos los días de mi vida.

Tendríamos una dieta asignada semana a semana perfectamente balanceada y administrada.

—Harby, cuchilla de hoja delgada y vaso para jugo de frutas —dije al aire.

—Entendido, Señor Gripp —contestó Harby.

Descarocé cada una de las frutas mientras una cuchilla con hoja de acero plástico era rápidamente higienizada y manipulada por Harby para ser entregada sobre la tabla de madera postiza. Luego procedería a entregar el vaso huracán de un vidrio que alojaría el gusto de cinco frutas tropicales. Aún tibio, saldría del aparato listo para ser utilizado.

Tomé la flameante navaja y corté cada fruta en pequeños trozos.

—Que no vaya a quedar nada de pulpa —gritó Amanda desde las reposeras.

Se escuchó el fuerte ruido de la licuadora destrozando cada pedazo de fruta. Deseché la cuchilla en el compartimento de sólidos donde se reciclaría el metal artificial para ser reutilizado. Si mañana fuera a necesitar cortar algo, Harby tendría una cuchilla idéntica nuevamente lista. De hecho también podría haber hecho todo mi trabajo en segundos… pero hay algunas cosas, como preparar un jugo de frutas, que aun debes ser capaz de hacer por ti mismo.

La mañana del séptimo día de la semana envolvía de cotidianeidad una situación que habíamos vivido repetitivamente por los últimos veinte años, o treinta quizás... ya habíamos perdido la cuenta.

No eran únicamente nuestros ojos y oídos los que se habían acostumbrado a vivir en el espacio, sino también nuestras almas. Eran ellas las que habían olvidado por completo como se sentía despertar con el sonido de los pájaros y el aroma de la lluvia en la tierra. Y el fuego... ¿Qué decir del fuego, del puro espíritu del Sol?

Teníamos organismos inteligentes en nuestras casas y aeromóviles que nos hacían la vida más sencilla. Disponíamos de sistemas de conciencia que nos interpretaban a la perfección. También contábamos con la tecnología para crear y producir nuestros propios materiales y luego desecharlos para re fabricarlos. Pero había algo que aún no habíamos sido capaces de superar; la pérdida del fuego.

Las inmensas llamas en los depósitos de semillas nos condenarían a un mundo sin fuego.

Luego del infortunado incidente, quedaría totalmente prohibido crear fuego. Con penas tan altas que iban desde días a décadas en las celdas cúbicas.

No fue sino a la fuerza que tuvimos que olvidarnos de él, hacer de cuenta que no nos hacía falta. Una sola llama pondría en peligro siglos de giros espaciales. Pero... ¿Cómo hacer para vivir sin él? ¿Cómo renunciar a algo tan bello como el intenso y bruto fuego? ¿Cómo puede alguien dar una parte de sí para ti y luego pedirla de regreso, pedirte que se la entregues?

Algunas cosas en este mundo nacen destinadas a ser olvidadas.

Culminado un siglo de vida espacial, fue nuestra especie, la humana, la que comprendió que la única salvación para nuestro planeta era abandonarlo. De la misma forma en que una madre se aleja de un hijo a quien no puede criar, nosotros nos alejábamos del planeta para no descuidarlo aún más.

Esta vez no cometeríamos el error que cometieron nuestros antepasados, quienes extinguieron casi por completo a la raza en un mero error de cálculo. Esta vez el desarrollo de una vida entre las estrellas, se daría con éxito.

La nueva ciudad nos brindaría un mundo sin guerra, sin pobreza ni política.

El primero de los actos que nos condujo en esta dirección fue el de declarar el conjunto de los recursos de Nicea como patrimonio común de todos sus habitantes.

Ya no tendríamos motivos para la codicia, la competencia.

La automatización progresiva de producción, distribución, reciclaje y retorno a su producción en forma infinita, sería la clave para brindar a todos los ciudadanos, el acceso a los bienes y servicios necesarios para la vida.

La tecnología más avanzada estaría a nuestra disposición para facilitarnos las tareas de todos los días y reemplazar la labor de nuestras desgastadas manos. Aunque por momentos deseáramos ser libres de todas sus regulaciones y mandatos.

La educación dejaría de ser la simple acumulación de conocimientos inservibles para transformarse en la verdadera fuente del significado de la vida. Su propósito dejaría de estar enfocado en el beneficio propio para desplegarse a un mundo colectivo y solidario.

Solo una humanidad con un nivel de conciencia elevado y un cierto grado de comprensión por lo que lo rodea, puede llegar a tomar tal decisión. Ni el mínimo rastro de egoísmo es encontrado en una sociedad que decide renunciar a todo lo que conoce con tal de salvar su planeta para generaciones del futuro; o en el peor de los casos, para preservar sus especies con una humanidad totalmente exiliada. Comprendiendo al fin, que lo importante no somos nosotros, sino todo lo que se alberga en él.

A este último lo llamábamos plan B. El menos favorito de todos. Siendo el plan A, la repoblación de una Tierra totalmente sana y renacida. Y con eso soñábamos todos los días... aunque realmente no había una fecha tentativa para tal suceso.

Los pobladores iniciales que ocuparon la inmensa ciudad giratoria de Nicea se habían multiplicado en las primeras décadas y se proyectaba un crecimiento de población alentador, teniendo en cuenta que el milagro de la vida ya no se daba con facilidad.

Por alguna razón que aún desconocíamos Amanda jamás consiguió quedar embarazada.

Intentamos incansablemente concebir nuestro primogénito luego de mi retiro, pero no tuvimos éxito.

Había algo en la idea de procrear en el espacio que a Amanda siempre le había atraído. Quizás era la idea de traer un milagro propio de la Tierra a un lugar donde la vida brotaba con dificultad. O el simple instinto de supervivencia que tiende a evitar que nuestra raza desaparezca.

Por esa razón, y alguna otra, es que participamos del "Sorteo de Familia" todos los años. Hasta el momento no hemos tenido suerte, a excepción del sorteo del segundo día del segundo mes en el que ganamos una mascota.

Oz llegó a nuestras vidas.

Su sabia mirada me recuerda la importancia de la observación y la calma. Su manera de acercarse a mi cama por las mañanas, de refregarse en nuestras piernas y de acompañarnos por las noches de luna llena, me confirma que hay tanto dentro de ellos, los animales, como de nosotros. Habitan en un gato las mismas emociones que corren por mis venas, los mismos instintos y el determinante y poderoso sentimiento del miedo que todo lo condiciona.

Como todos los meses de diciembre, esperábamos ansiosos asistir a la gran fiesta en el exclusivo salón blanco del Palacio Gan De ubicado en la zona Oeste en la capital de Nicea.

A diferencia de otros años, en esta ocasión no solo se celebraba el fin del año sino también el cambio de milenio. Para algunos esto no era de importancia pero para otros simbolizaba el comienzo de una nueva Era. Una Era fuera de la Tierra.

Salí de la casa con el jugo en mi mano.

—¿Qué vestirás mañana en la noche? —preguntó Amanda mientras me dirigía hacia las reposeras.

—Creo que usaré el traje negro. Harby ha dicho que solo tenemos dieciséis colores de tela y me ha asignado un negro grafito con detalles en azul —dije al entregar el vaso lleno de jugo recién exprimido.

—Me agradan esos colores —dijo Amanda y cambió el tono de la voz—. Excelente elección, Harby —continuó.

—Muchas gracias, Señora Gripp —contestó Harby.

Contábamos con la ininterrumpida y competente asistencia de un sistema inteligente que nos acompañaba en nuestras casas, nuestros trabajos y a donde sea que fuéramos. Harby podía estar, al mismo tiempo, en todas las escuelas, los mercados, hospitales y establecimientos en donde sus conocimientos fueran requeridos; y esto se debía a una razón. Harby no era un ser que existía físicamente, sino que existía en cada partícula del aire que respirábamos. Su esencia no-material le permitía estar en todos lados, y a la vez, no estar en ninguno.

—¿Qué te sucede? —preguntó Amanda.

—Nada, es solo que por una vez me gustaría escoger mi propia vestimenta.

—Ya sabes cómo funcionan las cosas aquí, Oliver. Mira como nos fue en la Tierra tomando nuestras propias decisiones.

—¿No crees que se han tomado muy en serio eso de "construyendo una sociedad mejor"?

—Ya basta, Oliver. Cambiemos de tema, por favor.

Hice silencio por unos minutos y luego continué conversando con Amanda.

—¿Qué te han asignado a ti? —pregunté.

—Harby confeccionará el vestido largo y dorado que tanto te gusta —contestó.

Acaricié el rostro del gato con sus ojos cerrados. Inmóvil.

—No puedo creer que ya estemos en diciembre nuevamente. Pareciera que la fiesta de fin de año hubiera sido ayer —dije.

—Cuanto más viejos nos hacemos, más rápido pasa el tiempo. O por lo menos eso me gusta pensar —replicó Amanda.

—Hablarás por ti. Yo me siento más joven que

nunca, mujer —dije riendo—. Aunque un día de estos debería ir al médico. Me cuesta reconocerlo pero últimamente tengo un dolor extraño en el torso, cerca del corazón. —dije señalando mi pecho.

—Tú siempre con esos dolores. Te duran unos días y luego desaparecen. Los inventas. Están en tu cabeza, Oliver.

—Discúlpame pero creo que aun así debería ir a hablar con un especialista.

—No tienes que pedirme disculpas. Te conozco desde que éramos niños. Sé que cada vez que tienes un mínimo dolor piensas que vas a morir.

—No es cierto —contesté.

El sol acariciaba y susurraba en nuestras pieles suavemente.

—¿Qué almorzaremos hoy, Harby? —preguntó Amanda.

—Hoy se servirá un hojaldre de verduras con remolachas hervidas acompañado por una ensalada de peras glaseadas, Señora Gripp —dijo la voz electrónica.

—Preferiría comer algo diferente. ¿Una pasta quizás?. ¿Será posible cambiar el menú de hoy? —pregunté.

—Los indicadores en su orina han reflejado una deficiencia en el sistema inmunológico que deberá ser suplida con alimentos ricos en nutrientes. Si los niveles de Vitamina C, E y K disminuyen aún más, no podrá salir de la morada por un plazo mínimo de

72 horas —dijo Harby.

—De acuerdo, comeremos el maldito hojaldre de verduras —dije.

—¡Oliver! —dijo Amanda con el tono alto, riendo esta vez.

—¿Quieres dormir una siesta después del almuerzo? —pregunté.

—Claro —contestó.

Oz se incorporaría silenciosamente minutos más tarde.

La música compuesta minuto a minuto por el sistema de musicalización a conciencia acompañaba la brisa mecánica que soplaba en la tarde mientras dormíamos la siesta y Harby hacía todo tipo de ruidos silenciosos.

En la cocina se repetía un ciclo que sucedía todos los días de todas las semanas de todos los meses. La vajilla de cerámica para el día siguiente era hábilmente fabricada y colocada entre servilletas de seda recién cocidas que serían descartadas luego de ser usadas. Los vasos pulcros de vidrio tibio totalmente secos eran colocados en la alacena por un brazo de fibra de plástico. En el guardarropa, el vestido largo y dorado era suavemente hilvanado por cientos de agujas de platino que lo dejarían perfectamente atildado para la noche siguiente. Y como todos los años, ese vestido se usaría por única vez.

En el comedor presumían los adornos de metales y rocas terrestres. Sobre el hogar que encendíamos por las noches, relucía el regalo de aniversario que Amanda me había dado un invierno sin nieve. Una frase finamente tallada a *máquina biológica* en madera de Ombú que señalaba;

Amar es cosa de valientes

Algo parecido a un reflejo asomaba en mi memoria, pero como el agua, los recuerdos se escurrían entre mis manos, imposibles de retener.

II

Soñé con un cuarto de música cuyos ventanales daban a las montañas mercurianas. Donde había reposado por siglos, un piano de madera de roble con teclas blancas de arce y atril de ombú. Resulta que el modelo de inteligencia artificial que ahí sentado jugaba con el instrumento, había sido originalmente fabricado con cierta habilidad para los instrumentos musicales. Alguien pensaría que sería una buena forma de resarcir tanto daño hecho al universo; tocar obras clásicas de la Tierra en el planeta de los vientos solares. Y así crear, de vez en cuando, una nueva melodía para impresionar a las estrellas.

Desperté.

Todas las tardes Harby esperaría a que la luz del sol impacte en las blancas cortinas y estemos completamente dormidos para entrar en modo inactivo. Aunque nunca estaría realmente apagado.

Amanda abrió los ojos luego de la larga siesta de

verano mientras Oz escuchaba los sonidos de los falsos grillos con atención y el aroma a hierba seca acariciaba los zapallos.

El último de los reflejos que escapó de mi mente me trajo el sabor de la muerte a los ojos.

—¿Qué te sucede, Oliver? —preguntó Amanda.

—He tenido una pesadilla... —dije sentado sobre la cama, con la mitad del cuerpo entre las sábanas.

—Tranquilo, Oliver —dijo Amanda.

—Estaba en Mercurio...

—¿Otra vez?, ¿el mismo sueño? —preguntó Amanda interrumpiendo.

—Tuve una pelea. A muerte... —dije con la mirada enceguecida.

—Oliver, ¡estás completamente transpirado!

—¿Qué hora es? —pregunté apoyando la cabeza en la almohada nuevamente.

—Fue solo un sueño —exclamó Amanda.

—Lo sé —contesté—. Estábamos en una misión camino al Sol.

—Deberías darte una ducha caliente —sugirió Amanda.

—Tomaré un baño de litio —dije en voz baja mientras dejaba la cama—. Harby, enciende la bañera. Temperatura a nivel cinco.

—Voy contigo —agregó Amanda.

—Harby, prepara el baño para dos —largué.

—La bañera se encontrará lista en un minuto y treinta segundos, Señor Gripp.

Abrí la puerta que daba al jardín trasero. Una bañera de cristal se apoyaba en los pastos metálicos. Observé las sombras de los árboles sin raíces que asomaban en el arrebol de una tarde estática; de esas en que el tiempo se detiene por un instante, luego avanza rápidamente... y se detiene nuevamente, trayendo consigo un temporal ventoso que cubriría lentamente la zona Este de Nicea.

Las dos tuberías de platino que echaban el agua metalizada a temperatura tibia completaban el paisaje frente a nuestros ojos.

—Dos toallas blancas —dije al aire.

—Estarán listas cuando salga, Señor Gripp —contestó Harby mientras procedía a la entrega rápida de las mismas.

Amanda desplazó su ser y su mirada hacia la bañera de cristal.

Recordé por qué la amaba tanto. Era su sonrisa, sus brazos y su suave espalda; su forma de vivir. La manera en que sus cabellos cubrían su ojo derecho, la frialdad de su nariz cuando me besaba y su manera de apretar mi mano cuando algo la asustaba. La única que podía envolver mi ser de inocencia, desnudarlo al viento y volverlo a vestir para hacer el amor.

El recuerdo de un sueño repetido se esfumó mientras el litio ingresaba en los poros de mi piel desgastada. El calor abrazó nuestros cuerpos dejados a la intemperie, sumergiéndonos hasta los ojos.

—¿Quieres salir esta noche o prefieres que nos quedemos en la casa? —preguntó Amanda.

—Estaba pensando que podríamos ir al mirador —dije reflexivamente.

—¿No fue hace unas pocas semanas que fuimos a ver la Tierra? —largó Amanda—. ¿Y ya quieres ir de nuevo?

—No he pasado bien las noches últimamente, y tú sabes que observar los continentes y los océanos azules me ayudará a dormir mejor —aclaré.

—Lo sé, Oliver. Es solo que teníamos planeado ir para mi cumpleaños.

—Tienes razón —dije desde la quietud de la bañera—. Lo había olvidado

Durante años, visitamos religiosamente, el mirador que da vista a la Tierra. Un refugio para todas aquellas almas que aún llevan en su interior el aroma del agua y de los mares salados. Un templo para adorar a nuestro planeta. Una estructura metálica descomunal que nos recuerda, vagamente, de dónde venimos y quienes somos. La inmutable vista también nos rememora todos los errores que cometimos como especie, pero no solo recalca nuestros desaciertos sino nuestros éxitos... y entre todos ellos, destaca un logro por sobre los demás. El cual posaba frente a nosotros en ese maravilloso y único mirador.

Era la Tierra.

Una Tierra sana y saludable.

Una Tierra sin humanos.

"Nos llevará siglos", dijeron, pero helo aquí.

El humano, ser de la Tierra, lograría vivir fuera de ella con un solo propósito: la salvación de su planeta.

Y este monumento rendía homenaje a todos nosotros, los miles de héroes que salvamos sus colores. A su vez, rendíamos culto a ella; la madre de todos nosotros, madre de nuestros alimentos y nuestra medicina.

Los techos metálicos, altos y acanalados conducían hacia el cercano horizonte lleno de espacio. Una angosta baranda de metal sólido era todo lo que lo separaba a uno mismo de las brillosas estrellas y el astro que se destacaba en el centro del cuadro. Como una pintura perfecta, posaba la Tierra impoluta.

Los suelos se encontraban cubiertos de paneles al fresco pintados por un pintor anónimo, que componían la imagen de Buda, Jesucristo y Mahoma sentados sobre el césped con las ropas gastadas y las miradas perdidas en un objeto distante y desconocido. Asombrados señalaban algo en la lejanía.

El agua goteaba de los cabellos largos de Amanda y pasaba por su boca para regresar al litio. Oz permanecía echado en un rincón, escuchando cada conversación que teníamos, percibiendo cada emoción que intentábamos esconder o disimular.

Arriba, las estrellas rodeaban de quietud nuestro aseo.

—Han llamado nuevamente, Oliver —dijo Amanda.

Un suspiro calmó mi mente.

—¿Qué querían?

—Hablar contigo —contestó Amanda.

—No quiero hablar con ellos —exclamé.

—Volverán a llamar el año que viene...

—Siempre lo hacen... —dije a lo bajo.

—¿Sabes que no puedo impedir que vayas, verdad? —cuestionó Amanda.

—Es como tú dices. Estoy retirado —dije con ánimo en la mirada—. Deberían buscar a otro.

La conversación se anudó.

Pasamos unos segundos sin decirnos nada. Solo puedes hacer eso con la gente que te conoce sinceramente.

—Habrá una fiesta de luna llena en el Zeta-Om. Hace tiempo que no vamos, ¿qué dices? —preguntó Amanda luego del largo silencio.

—¿Crees que los Williams estarán ahí? —pregunté.

—No lo sé —contestó Amanda—. Hace tiempo que dejaron de ir al club.

—Deberíamos cenar ligero entonces —dije con el

rostro partido de sombras.

—¿Qué se te ocurre, Harby? —preguntó Amanda.

—Podría cocinar una sopa de zapallo y brócoli con cúrcuma y té de jengibre.

—Suena excelente, Harby —contestó Amanda con una sonrisa de punta a punta del rostro.

Dejamos nuestros cansados cuerpos en un ligero remojo de litio, rejuveneciendo cada célula que daba vida a nuestros espíritus, recordando que del agua venimos y hacia ella nos dirigimos.

Las toallas blancas esperaban por nosotros en el compartimiento de vidrio, humedecidas por las primeras gotas de rocío que caían casi invisibles al ojo humano. Aunque no era realmente rocío verdadero, sino la consecuencia de la descomposición del aire que respirábamos. Por las noches cuando el aire llegaba a su fin, se quebrantaba y se rompía en millones de pedacitos, dejando una gota de agua espacial vivir al menos un día más. Y a eso le llamábamos rocío.

Me perdí en nuestro reflejo mientras secaba los hombros de Amanda cargados de estrés y valentía; de fortaleza. Recorrí su cuerpo con mis manos guiadas por el espíritu de un demonio enamorado. Un demonio que la besaría en la frente todas las mañanas y le acariciaría el cuello hasta que se quedara dormida en las noches. Un demonio que daría su vida por la de ella.

Detrás de los espejados vidrios, Harby trabajaba la huerta con sus delicadas garras de delgado aluminio Terrestre, quitando las malas hierbas y rociando con agua los vegetales secos. Brindándonos, absurdamente, el mismísimo sabor del tercer planeta, aquí arriba, en nuestras huertas del espacio. Colosal ironía.

Habían pasado meses... incluso años desde que habíamos salido por última vez por la noche a divertirnos, a olvidar nuestras vidas diurnas.
Mi retiro, entre otras cosas, también había cambiado nuestras costumbres, y ahora pasábamos casi la totalidad del tiempo en nuestra casa.
Durante la primera década, teníamos la costumbre de ir todos los viernes por la noche al club Zeta-Om donde nos encontraríamos con los Williams y, aún vislumbrados por las novedades de una vida en el espacio, beberíamos y bailaríamos hasta el amanecer embebidos en el efecto de lágrimas de ángel; una de las pocas sustancias recreativas que aún no había sido prohibida.

Ingresamos en la casa con una tibia frescura que invadía nuestros cuerpos mojados.
—Estaba pensando que quizás podríamos ir solos esta noche —dije—. Sin que nadie nos acompañe.
—¿Solos? —preguntó Amanda.
—Sin Harby, me refiero.

—No creo que sea seguro, Oliver. Además, no me siento con ganas de conducir hasta el Zeta-Om y no creo que tú quieras manejar el aeromóvil de noche, ¿verdad? —preguntó Amanda.

—Es que ya no vamos solos a ningún lado. Casi olvido lo que es tener una conversación sin que nadie nos esté escuchando —contesté.

—¿Estás seguro de lo que dices? —preguntó Amanda.

—Solo por hoy —dije aliviado.

—Está bien —dijo Amanda—. Hace tiempo que no disfrutamos de una salida a solas

—Harby, esta noche no te necesitaremos —dije con la voz firme—. ¿Podrías cuidar de Oz mientras no estamos aquí?

—Entendido Señor Gripp. —contestó Harby.

—Oz se encuentra bien, Oliver. No necesita del cuidado de Harby.

—¿Tú crees?

—Tan solo es un gato viejo. Y se comporta como uno.

—Lo veo algo desganado —contesté.

Caminé hacia la cama del gato. Oz dormía con los ojos entreabiertos y ronroneaba. Acaricié su panza. Estiró todo su cuerpo y bostezó como un niño.

—Pareciera mentira que hayan pasado tantos años —dijo Amanda.

—Me preocupa que hoy no haya comido nada. ¿Crees que se sienta bien? —pregunté.

—Bueno, se lo ve bastante bien teniendo en cuenta que... —interrumpí la frase de Amanda.

—Todos los veranos pareciera que está a punto de morir, sin embargo... Espero que esta sea otra de esas veces —dije preocupado.

—Claro que sí, Oliver. Ya verás que pronto andará dando saltos a la hora de su comida.

—Mañana haré tu plato favorito, Oz —dije arrodillándome y dándole una última caricia —. Yemas de huevo con aguacate.

—Harby, cualquier inconveniente con el gato, nos avisas de inmediato y volveremos —dije.

—Entendido, Señor Gripp. Oz estará bajo mi cuidado hasta el horario en que ustedes regresen, y hasta que salga el sol y el desayuno esté servido en la mesa, si es necesario.

—¿Has escuchado, Oz? Te quedarás con Harby. Regresaremos en unas horas —dije acariciando su cabeza con las puntas de mis dedos.

Nos alistamos para disfrutar de una noche de juventud eterna. Tomamos nuestros abrigos y el código de reingreso a la casa.

Me dirigí al gabinete de las bebidas en busca de un trago que acalore mis venas antes de abandonar el lugar.

—¿Has visto la botella de whisky? —pregunté.

—No creo que sea hora de tomar alcohol, ¿no crees?

—Si fuera malo para mí, Harby no me lo permitiría. ¿No crees?

Amanda no contestó.

—¿Has visto la botella, o no? —pregunté

—No, no la he visto.

—Olvídalo. Tomaré un trago en el Zeta-Om —dije apresurado—. ¿Llevas nuestras identificaciones? —pregunté.

Amanda sacó su identificación dorada y su permiso para salir de la casa.

—Por supuesto, llevo el mío. No quisiera que me confundan con un Niceiano cualquiera. ¿Tú llevas el tuyo?

—He estado buscándolo por todas partes. ¿Estás segura de que no lo tienes tú?

—Segura, Oliver. Será mejor que lo encuentres o nos tendremos que quedar en casa hasta que te envíen uno nuevo y pagues la infracción.

—Harby, no puedo encontrar mi pase dorado. ¿Sabes dónde se encuentra?

Mi trabajo, entre otras cosas, me había dado el privilegio de una identificación dorada, con la cual podíamos acceder a ciertos lugares reservados y tendríamos ilimitada cantidad de permisos para ir al mirador y a distintas zonas restringidas de Nicea, como el lago *América* y las playas del caribe.

—Localizando tarjeta de identificación. Tarjeta dorada localizada —concluyó Harby.

—Fíjate en el segundo cajón del dormitorio.

Siempre la dejas ahí con tus otros pases —dijo Amanda.

—Efectivamente, Señor Gripp. La tarjeta de identificación se encuentra en el segundo cajón de la cómoda del dormitorio.

—¡Aquí está! —grité.

—Bien, ya podemos irnos entonces, ¿no? —largó Amanda.

Caminé nuevamente hacia la puerta principal donde Amanda aguardaba por mí.

—Deberías llevar una bufanda, ¿no crees?

—Bufanda en verano, jamás creí que fuera a usar una en diciembre.

—El clima se ha vuelto loco.

—Harby, bufanda dos agujas —dije al aire—. Que combine con mis zapatos.

—Bufanda dos agujas, Señor Gripp —dijo Harby.

Amanda abrió la puerta.

Oz se acercó para despedirse y refregarse en las piernas de Amanda.

—¡Oz, estoy recién vestida! —dijo Amanda apartándose.

El gato se hizo a un lado.

—¿Qué es lo que haces? —pregunté.

—No quiero que me llene de pelos, Oliver.

—¡Vamos, Amanda!

—Quizás a ti no te importe, pero estoy recién bañada y vestida para salir.

—Nunca entenderé como puedes pensar así.

—¿Cuál es el problema? —preguntó.

—Acuéstate junto al gato y llénate de pelos, Amanda. Vive aunque sea por una vez sin preocuparte por las pequeñas tonterías de la vida.

Amanda extendió su mano hacia el pequeño Oz y acarició su pecho con manchas blancas.

—¿Contento? —preguntó.

Una alarma a bajo volumen rechinó a pocos metros. La bufanda esperaba por Oliver en el compartimiento de intercambio del living comedor.

—Ahora si —dije—. Ya vámonos de una vez.

Salimos de la casa adornados de parafernalia; listos para morir y vivir en el mismo acto.

III

Tomamos la vieja carretera en el aeromóvil deportivo rojo camino al Zeta-Om. Al llegar exhibiríamos nuestras identificaciones doradas y nos asignarían una mesa con vista a Saturno y una dosis de lágrimas de ángel.

Como miles de luces fluorescentes en la oscuridad, cada persona dentro del club brillaba de euforia. La música embadurnaba el aire de electricidad creando un ritmo escalonado que subía de nivel con cada par de ojos que ingresaba al lugar.

Desde la pista de baile silenciosa se podían apreciar todos los colores de los enigmáticos anillos de Saturno. Y en el centro de esta se materializaba una enorme flama de fuego rojo que rendía tributo al verdadero fuego. Las personas se acercaban y colocaban sus débiles manos dentro de la llama... pero el calor no ardía en su piel. En apariencia era exactamente igual al fuego que alguna vez habíamos tenido en nuestro planeta, pero solo en apariencia.

Esta absurda llama no podría jamás transformar la madera en cenizas, en ínfimas cenizas, ni tampoco derretir el hielo seco que aloja la nieve dentro. A pesar de que teníamos nieve en los Alpes, nieve en el invierno programado y nieve en los lagos del Sur de Nicea. Lo que no había era fuego.

Las lágrimas de ángel inundaron mis ojos.

Abandonamos el club como se abandona la idea de ser un niño eternamente.

Caminaríamos las calles de la zona norte de Nicea iluminados nuestros rostros por la antigua luminaria que decoraba de forma sutil las calles empedradas que rodeaban la plaza central.

Sumergidos en el enérgico efecto, entraríamos a cada bar de cada calle. Sentiríamos el placer de mirarnos a los ojos y descubrir nuevas formas. De renacer; libres de todo dolor

—Mira la luna, Oliver.

El cielo finamente cubierto de nubes dejaba entrever una enorme luna llena que contagiaba de pureza todo lo que alumbraba.

Habíamos sido capaces de transportar los más grandes océanos, las deliciosas frutas, los poderosos minerales y muchas de las especies de la Tierra. Pero su Luna nos fue imposible de robar.

El eterno ciclo de 28 días ahora era imitado por un conjunto de partículas de materia inteligente, con el propósito de evitar que nos volviéramos locos.

Reproducida en sus medidas con total exactitud y semejanza, irradiaría una luz aún más débil que la del rocoso satélite terrestre.

—Podría caminar estas calles contigo todos los días de mi vida, ¿lo sabes, verdad?

—Eso haremos, entonces. Pasaremos el resto de nuestras vidas juntos, ¿qué dices? —Pregunté en broma—. Pasarán las décadas y los siglos y no envejeceremos un solo día. Echaremos agua a las plantas todas las mañanas y por la noche nos abrazaremos en la cama hasta quedarnos profundamente dormidos.

Amanda me miró con los ojos llenos de cariño.

La tomé de la mano. Apoyó su cabeza en mi hombro. Estuvo a punto de largar unas suaves palabras, pero las contuvo.

—Solo faltan cinco minutos para que el reloj de la plaza dé la medianoche —dije.

—¿Crees que logremos llegar a tiempo? —preguntó.

—Por supuesto —dije—. ¡Vamos!

Caminamos a paso apresurado por las angostas calles de la ciudad camino a la plaza central donde se encontraba el enorme reloj astronómico que alguna vez decoraría la ciudad de Praga, y posteriormente fuera traído hasta aquí. Intentando, sin éxito, traer consigo algo de la historia que había sucedido frente a sus agujas.

Se escucharon los primeros campanazos a la

distancia.

—Ya es la medianoche. Apúrate —grité.

Agitados y dispuestos a re-existir, corrimos sobre alfileres hasta llegar a la plaza.

El reloj dio doce fuertes campanadas que fueron acompañadas por las estrellas y una leve brisa asesina que nunca se callaba.

La luna embellecía las calles pulcras de puro metal.

Mis pupilas se encontraban secas al fin.

Era hora de volver a casa.

La dimensión del tiempo se estiró y arrugó. El sentimiento de ebriedad se había fugado de mi interior al igual que la adrenalina de poder existir una noche más. La confusa realidad se vivía como una de esas tardes en la que despiertas de una larga siesta luego de un sueño profundo, te das un baño de ducha y miras el Sol con los cabellos mojados; agradeciendo cada instante de tu pasado, implorando un futuro igual o mejor.

—Es hora de volver a casa —largué.

—Sí, ya es hora de volver.

Amanda fue en busca del aeromóvil y luego vino por mí.

Subí al vehículo; una sofisticada nave de pequeño tamaño con dos delgadas puertas de metal terrestre que se abrían como las alas de un pájaro. Su diseño aerodinámico chillaba en cada curva.

Una vez por año, Harby construiría uno nuevo y

actualizaría el anterior para ser reutilizado en la zona Sur de Nicea.

El veloz vehículo transformaba el artificial paisaje en líneas rectas de colores, aclarando toda oscuridad en el camino.

Por esa única noche le habíamos ganado la carrera a la luz del sol. Llegaríamos para dormir en la total oscuridad.

—Espero que Oz se encuentre bien —dije mirando por la ventanilla.

—Por supuesto que se encuentra bien, Oliver —dijo con seguridad—. A veces actúas como si no recordaras la verdad.

—No tienes que decírmelo, Amanda.

—Por si lo has olvidado, te lo recuerdo —dijo Amanda contundente —. El gato murió hace años.

Permanecí mudo.

Algunas realidades es mejor olvidarlas, pensé en decir en voz alta... pero no quise despertar mi mente ni arruinar el viaje de regreso.

En algún sitio de mi ser había escondido esa verdad bajo llave.

Habíamos encontrado una forma de engañar a la muerte, vendarle los ojos y atarle las manos.

El gato era una máquina biológica que habíamos adquirido cuando el verdadero Oz murió. El sustituto tenía los mismos ojos, las mismas manchas en el pelaje, la misma forma de caminar y de amarnos por las tardes.

Era él. El mismo de siempre.

El mismo que habíamos enterrado a duros palazos en el fondo de nuestro jardín una mañana de pastos secos, para volver a maullar en nuestra mañana fresca al día siguiente.

Llegamos de regreso a nuestra cálida casa ubicada en la zona Este de Nicea. Alejada de la Luna y del Sol verdadero.

Abrí la puerta.

—Buenos días, Señora y Señor Gripp —dijo Harby.

No contestamos.

Será que por las noches todos nos sentimos un poco cansados, un poco muertos.

—Quisiera escuchar algo de música de la Tierra, Harby —dije mirando por la ventana hacia la oscuridad de nuestro jardín.

—Por supuesto, Señor Gripp —contestó Harby enseguida—. Vivaldi, L'inverno. Concierto número 4 en *fa menor*.

Los violines sonaron por todos los huecos de la casa, en los baños, en la cocina, en la bañera de litio, en la huerta y en las estrellas….

—Estaré afuera, si me necesitas —dije con el tono disminuido y la música en mis oídos.

Oz maulló. Se acercó a mis piernas y se refregó cariñosamente.

—Ven, amigo. Acompáñame —dije a al gato.

Caminé junto al él por los senderos de pasto verde acompañado de una filosa sinfonía hacia la parte trasera de nuestro jardín donde asomaba una pequeña lomada de tierra. Donde esa mañana de pastos secos echamos su cuerpo y su alma como ofrenda, y hoy se encuentra cubierta por un cartel de roca terrestre tallado a mano humana que señala:

Oz
(2777-2788)

Una creación biónica.

Un lenguaje de carne y hueso con cables y perfectos circuitos.

Cuando combinas algo tan delicado como la biología con la mecánica, los resultados son fascinantes.

Una vez por día vengo aquí a mirar el Sol verdadero. A intentar recordar. A preguntarme, ¿Qué es eso que nos diferencia de las máquinas biológicas? ¿Qué es eso que nos hace tan únicos? Irremplazables, acaso. Insustituibles.

Algunos seres (los más excepcionales) llegan a este mundo como un fuerte relámpago y desaparecen como un rayo.

Observé los pensamientos marchitos que cubrían la pequeña lomada.

—Creo que es hora de plantar nuevas flores, ¿verdad? —dije al gato.

Oz me miró profundamente, como si lo supiera todo. Como si nos hubiera acompañado esa mañana en que lo enterramos bajo la tierra cubierta de lágrimas. Y en el fondo, me estuviera agradeciendo por amarlo y cuidarlo tanto.

La oscura y triste noche encerraba de soledad algunos recuerdos escondidos.

Entendí que somos seres que vivimos el día a día con una sensación interior que no se apaga, una visión constante y especial de la vida.

Fui en busca de una pequeña pala.

Oz me seguía detrás en cada uno de mis movimientos. Vivaldi aún decoraba el suceso con melodía.

Entré en el jardín de flores. Teníamos rosas, pensamientos y margaritas terrestres que Harby había plantado y regado cuidadosamente por meses. Tomé unos cuantos plantines y los arranqué puntillosamente para no romper sus raíces.

Cavé tres pequeños pozos en la parte superior de la lomada donde había reposado Oz por incontables años.

Coloqué las raíces suavemente y las cubrí con tierra. Aunque no era realmente tierra, sino una eficiente imitación que aportaría los nutrientes necesarios para dar crecimiento a la planta.

El dulce aroma de la tierra húmeda era como el fuego; solo existía en nuestras fantasías.

Regué la base de las flores filtrándose su agua hasta las largas raíces, cosquilleando el alma en paz de nuestra mejor mascota.

—Listo, amigo —dije luego de regarlas—. ¿Qué me dices ahora?, ¿mejor?

Oz mantuvo su mirada vertical firme en las flores moviendo su cola como una serpiente.

Permanecimos en silencio, uno al lado del otro, escuchando la falsa brisa nocturna. Compartiendo otro instante de la vida que se fugará.

—¿Vienes a la cama con nosotros? —pregunté en voz alta.

Oz dio la vuelta y se dirigió hacia la casa. Caminé detrás de él hasta el dormitorio.

Entré a la casa junto a Oz.

—Ven a la cama, Oliver. Ya es tarde para que andes trabajando en el jardín —largó Amanda.

Me recosté, dejando todos los pensamientos del largo día en una red imaginaria que colgaba en lo alto del respaldo de la cama, para tomarlos por la mañana cuando me despertara al día siguiente.

—Mañana estaré bien —pensé con la cabeza en la almohada—. Sí, mañana estaré bien —repetí en voz baja cerrando los ojos.

Como una escena arrancada del futuro, se repetía en mis sueños. El calor, el intenso calor que todo lo agobiaba llenaba mis pulmones de miedo y pasión, como hielo y fuego.

Los metales disparaban balas y ardían con cada partícula de destino que golpeaba la nave.

—¡Novecientos mil metros para abandonar la atmosfera de Mercurio! —dije ardiente.

La temperatura era suficiente para derretir el plomo, arrugarlo como papel y hacerlo desaparecer como ceniza.

—¡Volaremos en pedazos! —grité con todas mis fuerzas a la tripulación.

Luchando contra la física por sobrevivir, la velocidad de nuestros cuerpos se aceleraba con cada milímetro que recorríamos en dirección al Sol.

—¡Setecientos mil metros! —largué.

El viento solar sacudía la nave y la envolvía de luminosidad. La intensa luz que todo lo mataba, nos abrazaba y nos succionaba hacia su centro.

Una chispa de electricidad atravesaría el extremo superior de la nave produciendo una estela de fuego que tan solo duraría unos pocos segundos hasta que una explosión mayor transformara la misión en un fracaso y al cohete en migajas.

Desperté.

Pronto apareció el dolor en el pecho. Como un metal clavado en mí.

Permanecí con los ojos abiertos durante la penumbra. Pensé en despertar a Amanda y pedirle que me hiciera compañía, pero no quise molestarla.

A veces estando acompañado es cuando más solo te sientes.

Dejé la comodidad de la cama con algo parecido a una angustia existencial, faltando horas para que saliera el primer rayo de luz natural. Apenas había dormido unas pocas horas. Quise degustar un añejo whisky, y quizás así, sentirme *yo* nuevamente.

Caminé arrastrando los pies sobre el piso que imitaba un fino mármol y conducía al gabinete de los tragos donde siempre había guardado la botella de whisky.

—Harby, un vaso de cristal *tipo 4*.

—Vaso de cristal *tipo 4*, Señor Gripp. Un minuto y quince segundos —contestó Harby.

Me dirigí hacia el refrigerador y puse mi mano en el aparato para que me arrojara dos cubos de hielo. Amaba la sensación que produce el hielo en la mano en cuanto entra en contacto con la piel. Seria hielo de agua espacial, pero dado el horario y mis ansias por introducir alcohol en mí torrente, no notaría la diferencia.

Abrí el gabinete donde guardaba mis bebidas, pero la botella no estaba allí.

—Qué extraño —dije en voz alta.

Sonó una campanilla. Mi vaso estaba listo. Pero la botella no se encontraba en el gabinete.

Necesitaba una medida de puro alcohol para saciar mi noche, pero no había donde encontrarlo.

Busqué por varios minutos sin hallarla.

—Si tiene problemas para dormir, puedo leer algo de literatura para usted, Señor Gripp —sugirió

Harby

—Adelante, pues —contesté—. Me ayudará.

Me senté en el sofá del comedor frente a la puerta de vidrio que revela los colores de la noche.

—Paulo Coelho. Brida —dijo Harby y prosiguió a leer un extracto de la obra—. "Quien intenta poseer una flor, ve marchitarse su belleza. Pero quien se limite a mirar una flor en un campo, permanecerá para siempre con ella. Porque ella combina con la tarde, con la puesta del Sol, con el olor de la tierra mojada y con las nubes del horizonte."

Harby continúo leyendo poesía para mí hasta que cerré los ojos.

IV

Los primeros rayos de luz de la mañana iluminaron de oro las sábanas blancas donde Amanda reposaba encantada.

—Desperté en medio de la noche y no estabas aquí.

—Solo fui a tomar aire fresco —contesté.

—¿Qué hora es? —preguntó Amanda.

—Temprano —contesté.

—Seguiré durmiendo. Esta noche nos iremos a la cama tarde en la noche. Quisiera descansar un poco más.

—No pude dormir. Tuve ese extraño sueño otra vez.

—¿Cual sueño? —preguntó Amanda sabiendo la respuesta.

—La misión en Mercurio —pronuncié absorto.

—Vuelve a la cama, Oliver.

—He perdido el cansancio —dije.

Amanda no contestó. Continuó durmiendo.

Miraba a través de sus ojos cuando estaba dormida y reconocía cada uno de sus fragmentos. Llevaba en mis recuerdos, infinitos momentos junto a ella en la Tierra, pero yo no había estado allí. Recuerdo vacaciones que tomamos juntos, pero puedo jurar que nunca viajé a esos lugares ni estuve en las fotos en las que ahora me veo sonreír.

Cerré los ojos.

Varios pájaros sin sombra cantaron una melodía de mañana mientras el aroma del café llegaba a nuestra cama, los panecillos se enfriaban y Harby intentaba despertarnos para que no se nos pasara el horario de la primera comida del día.

—Buenos días, Señora y Señor Gripp. El horario del desayuno está por finalizar. La mesa se encuentra servida.

Amanda abrió los ojos con la voz de Harby.

—Aunque sea por un solo día me gustaría desayunar cuando a mí se me plazca —dije molesto.

—Los horarios definidos ayudan a tener una vida organizada, Señor Gripp —dijo Harby con su voz de siempre.

—Sí, lo sé, lo sé. "Construyendo una sociedad mejor". Ya lo sé —concluí.

—Te espero en la mesa —dijo Amanda mientras dejaba la cama.

La última mañana del milenio nos recibía con jugo de frutas exóticas y las mismas reposeras de madera estéril que todas las semanas sin falta, eran modeladas y re-fabricadas para nuestro uso.

Nos agasajaban las frutas de los árboles que nosotros mismos habíamos plantado en nuestro jardín años atrás. Hoy en día no teníamos que hacer realmente nada más que degustar dichos alimentos. Pero hubo una época en la que enterrábamos nuestras manos en el barro y regábamos los vegetales durante cada atardecer. Esperábamos los meses programados de lluvia para verlos crecer con fuerza y los meses de calor para cosechar.

Amanda se sentó a mi lado y tomó un panecillo. Oz reposaba en su pequeña canasta de mimbre.

—¿Sabes qué mesa nos ha tocado? —pregunté.

—Nos dieron una mesa central, como tú querías —contestó Amanda.

—Espero que esta vez nos sienten con los Williams. Ya es el tercer año consecutivo en que estamos en mesas separadas —dije espontáneamente.

—Vi las listas de invitados, ellos también estarán en la mesa central junto a nosotros, Oliver. Igualmente no hemos intercambiado una palabra con ellos en más de diez años.

—Me pregunto si aún se acuerdan de nosotros y de las vacaciones en su casa de verano.

—Por supuesto que se acuerdan —dijo Amanda.

—Deberíamos invitarlos a cenar, ¿no crees? —pregunté.

—No nos han llamado en años —contestó Amanda.

—¡Y nosotros tampoco! Además siempre andan de viaje.

Serví cereales en mi copa de leche de almendras.

—Quizás seamos nosotros los que deberíamos hacer un viaje, ¿no crees? —pregunté sugestivamente—. Tomar unas largas vacaciones...

—¿Vacaciones?, ¿vacaciones de qué? No hacemos más que descansar y disfrutar nuestro retiro.

—¿No crees que necesitamos salir de esta casa? Ir a algún sitio.

—¿A dónde quieres ir, Oliver?

—No lo sé con seguridad. Pero si sé una cosa. Sé que necesito algo nuevo.

—Todo es nuevo en esta casa, Oliver. La vajilla que utilizamos, nuestras ropas de cada día, hasta el peine que utilizas por las mañanas se desecha en la noche y Harby fabrica uno nuevo para ti al día siguiente.

—No me refiero a eso. Quisiera tomar unas vacaciones de este lugar, Amanda. Descansar de mi vida. Quizás hasta se me vaya el dolor en el pecho que siento por las noches.

—Podríamos comprar dos boletos para el Caribe si tienes tantas ganas de tomar unas vacaciones.

—No creo que una playa de copos de harina seca sea la solución a lo que siento —dije mientras masticaba los cereales humedecidos.

—No lo comprendo, siempre te ha gustado ir a las playas y los grandes hoteles de Nicea. Puedo pedir a Harby que nos guarde una cabaña junto al mar.

—No, Amanda. No me estás escuchando. Ya hemos estado en el Caribe, ¿no lo recuerdas? En las verdaderas playas de arena y mar salado. No necesito otro escenario terrestre para olvidar donde vivimos, para dejar de sentirme asfixiado.

—No comprendo lo que te sucede, Oliver. Sinceramente —murmuró Amanda.

—Yo tampoco lo comprendo. Pero tengo algo parecido a un presentimiento. Como si supiera que algo muy malo fuera a suceder. Y no hubiera nada que uno pueda hacer.

—Quizás debamos ajustar los niveles de O2.

—¡No, Amanda!. ¡No son los niveles de O2! —dije acalorado.

—Mañana será un día nuevo. Ya verás que se te pasa.

El reloj de la cocina dio las diez en punto de la mañana.

—¿Qué dices si vamos a visitar a mi hermano? Han pasado años desde que no vamos a la zona Sur de Nicea, y tú sabes lo mucho que disfruto la vista a los lagos y las montañas.

—No lo sé, Oliver. ¿Ir a visitar a tu hermano? Deberíamos planificarlo con más tiempo, ¿no crees?

¿Quién dará de comer al gato?

—Harby lo hará. No hay nada que planificar, Amanda.

—No lo sé, Oliver. Necesito al menos unas semanas para organizarme.

—¡No me estas escuchando! —dije ardiente—. Necesito este viaje. Realmente necesito salir de esta casa y reencontrarme con mi hermano.

Amanda permaneció unos segundos sin decir nada.

—Perdóname, Oliver. Supongo que no te estaba prestando atención —dijo Amanda tomándome de la mano—. Mañana reservaré dos pases hacia la zona Sur. Iremos a visitarlo si es lo que quieres.

—Gracias.

—No tienes que agradecerme.

—Sabía que entenderías —dije.

—Llamaré a tu hermano hoy mismo —dijo Amanda tomándome del hombro—. Le avisaré que llegaremos la semana próxima de visita.

—Esta noche brindaremos por eso —dije satisfecho.

Amanda dejó la mesa del desayuno.

El reloj del comedor marcaba las dos de la tarde cuando se hilaban las últimas costuras del vestido dorado que Amanda vestiría por la noche. A su lado, reposaba el esmoquin negro recientemente confeccionado y chaleco de lino color crema entallado a mi medida. En el compartimiento inferior relucían los zapatos en punta con charol talla 40 que vestirían mis pies y se deslizarían por los pisos brillosos del Palacio Gan De cuando el reloj central diera las doce en punto, dando inicio al primer baile del nuevo milenio.

Amanda se acercó a ver como se finalizaba el tejido de su clásico vestido que adornaría su ser hasta la primera hora de la madrugada. Cientos de delgadas agujas de metal daban forma a la prenda detrás del vidrio.

—Deberíamos estar listos a las cinco en punto si queremos que Harby conduzca por el viejo camino de arbolada —dijo Amanda.

—Salgamos más tarde entonces, y vayamos por la nueva carretera —largué.

—Sabes que no me gusta tomarla en horario de tránsito —dijo Amanda—. Además me dan miedo las alturas.

—Harby, ¿cuál será el estado del tránsito para esta tarde? —pregunté.

—Estado del tránsito: pesado, Señor Gripp. Tiempo aproximado de llegada al Gran Palacio: dos horas y veinticinco minutos —dijo Harby.

—¿Lo ves? —dijo Amanda—. Tendremos que ir por la vieja carretera.

—Bien. Tú ganas. Iremos por los caminos bajos —agregué—. ¿Has visto mi botella de *Glen Grant*? —pregunté.

—No la he visto, Oliver.

—Qué extraño. ¿Dónde pudiera estar?

—Estoy algo retrasada con mi peinado. Además no creo que te haga bien beber whisky antes de subir al aeromóvil —aclaró Amanda—. Estaré en el baño si me necesitas.

—No lo comprendo.

—La habrás tirado. Harby te comprará otra.

—Juro que recuerdo la última vez que me preparé un trago. Luego guardé la botella en el gabinete superior. Debería estar allí.

Necesitaba al menos una pequeña dosis de alcohol que entre en mis venas y me abrace de calor. Pero la maldita sustancia no aparecía por toda la casa.

Eran las cinco en punto cuando Oz entró en el vestidor y el reloj de pura roca terrestre comenzó a dar campanazos.

—Ya casi estoy lista —gritó Amanda desde el dormitorio.

—Te espero fuera —dije—. Harby, en pocos minutos estaremos listos para partir.

—Aeromóvil encendido, Señor Gripp. Su viaje se encontrará en la puerta en menos de treinta segundos.

Caminé hacia nuestro dormitorio en busca de Amanda. No quería que llegáramos tarde. En años, jamás, ni una sola vez habíamos llegado con retraso a la fiesta de fin de año. Este año, siendo una ocasión especial, no sería la excepción.

Entré al vestidor.

—Estás hermosa —declaré en cuanto vi su largo cabello .

—Tú tampoco te ves nada mal, ¿eh?.

Amanda se detuvo frente al espejo. Se posicionó y luego acercó su mano al vidrio. La imagen se congeló. Amanda se acercó a su rostro y se observó en detalle.

—¿Crees que llevo mucho maquillaje?

—No, Amanda. Te ves perfecta. Sabes que no me gusta el maquillaje.

—¿Cómo puede no gustarte?

—Ya sabes cómo pienso al respecto. Eres bella naturalmente. No necesitas cubrir tu cuerpo con esos productos artificiales.

—Nunca entenderías, Oliver.

Amanda volvió a tocar el espejo. La imagen se descongeló. Volteó y puso su mano en el vidrio congelando la figura nuevamente.

—¿Y los zapatos?, ¿qué te parecen? Es la primera vez que Harby confecciona un modelo antiguo. Son del siglo XXV.

—Ya te lo he dicho. Estas más linda que nunca. Pero realmente, deberíamos ir saliendo. Llegaremos tarde.

Amanda presionó el espejo por última vez volviendo el reflejo a la normalidad. Se echó una última mirada de arriba a abajo.

—Está bien. Vámonos de una vez —dijo Amanda apresurada.

Caminamos con prontitud hacia la puerta principal donde nos aguardaba nuestro vehículo. Harby se quedaría cuidando del gato y a la vez conduciría y nos asistiría en el camino de ida y regreso a la fiesta.

—Nivel de seguridad número tres activado, Señora y Señor Gripp —dijo Harby mientras subíamos al aeromóvil y se cerraban las puertas.

Dejamos la casa y nos adentramos en los caminos bajos.

Silenciosamente nos desplazamos por los coloridos senderos hasta la carretera de altos árboles.

—¿Lo ves? Justo a tiempo. Hoy será una noche especial. Lo puedo sentir en mi corazón —mencioné con seguridad.

La fría escarcha que abrazaba el camino era sacudida hacia los laterales por el viento que expulsaban las sigilosas hélices.

—¿Sabes algo de los Williams? —pregunté

—No he visto nada en las redes —contestó Amanda.

—Muero por escuchar una vez más su anécdota en los Alpes con los cuadros de Dalí bajo la nieve —dije mientras observaba por la ventanilla del vehículo.

—No, otra vez no. Ya he escuchado la anécdota más de cien veces —largó Amanda.

—No se trata de lo que cuenta sino de la forma en que lo hace... tú lo sabes —dije a lo bajo mientras la conversación se desvanecía.

Luego de ser conducidos por más de una hora llegamos a la última parte del trayecto. Una de las últimas creaciones del Ingeniero Harrelson, la nueva autovía aérea que conectaba las cuatro zonas de Nicea. Una obra tecnológica inteligente y magnífica que rozaba las superficies y daba giros en todas las direcciones. Ingresaba en túneles subterráneos y esquivaba las nubes de azúcar.

Por momentos uno podía olvidar que nos encontrábamos a miles de kilómetros de nuestro planeta, que no había tierra debajo de nosotros ni existía una gravedad propiamente dicha.

Todo lo que observábamos y sentíamos tenía la funcionalidad de engañar al cerebro humano, hacerle creer por un largo instante que aún nos hallábamos en nuestros hogares; completamente a salvo.

Harby usó nuestro lenguaje.

—Nos encontramos a menos de cinco minutos de arribar al Palacio Gan De —dijo a través de los altavoces.

La veloz nave se deslizaba por el aire a

centímetros de las aguas de un ramal del lago *América* el cual rodeaba el palacio.

—¿Ya has hablado con mi hermano? ¿Le has dicho que iremos a visitarlo la semana próxima? —pregunté.

—Acerca de las vacaciones. He estado pensando, Oliver. No creo que sea una buena idea dejar la casa en este momento.

—¿De qué hablas? Harby quedará a cargo de la casa —dije puntillosamente—. Habíamos acordado que iríamos de viaje, ¿o acaso no habíamos acordado eso?

—¿Podríamos hablarlo mañana? Ya estamos a punto de llegar y no quiero que nos vean discutiendo.

—Como tú digas, Amanda —dije elocuentemente y miré hacia el oscuro camino que descubría la noche.

Harby condujo el aeromóvil hasta la majestuosa entrada de hierro forjado del Palacio Gan De donde cientos de sirvientes de metal y tejido humano aguardaban ansiosamente la llegada de los invitados.

Al atravesar los arcos que daban la bienvenida al Palacio se podía sentir el aroma del jardín Francés que nos recibía amablemente.

El lugar había sido completamente trasladado de su ubicación original en la ciudad de Viena hacia la zona Oeste de la excéntrica ciudad de Nicea. Su estilo barroco aún permanecía reluciente en sus dos pisos, sus paredes y sus altos techos.

Harby detuvo la marcha para que descendiéramos.

Amanda tomó su vestido dorado y lo elevó un tanto del suelo para que no se ensuciara.

—Hemos llegado al destino indicado, Señora y Señor Gripp —dijo Harby—. Los pasaré a buscar por la puerta de salida del Palacio cuando el reloj dé la primera hora del primer día del primer mes del primer año del tercer milenio.

—Fíjate que no le falte nada al gato, Harby —dije antes de descender del vehículo.

—Así será, Señor Gripp —contestó Harby.

—Hasta dentro de unas horas —dije antes de cerrar la puerta.

Como todos los años, nos recibían los senderos cuidados y embellecidos por las garras de aluminio del Palacio. Las mismas garras que durante toda la noche sostendrían las bandejas de legítima plata que llevarían la comida para los invitados.

V

Caminamos por los pastos cuidadosamente crecidos que sostenían cientos de esculturas móviles. La enorme fuente de agua dulce que rodeaba el palacio reflejaba la luminaria color café causando un efecto de movimiento sutil en las paredes; de líneas onduladas. A las once en punto, cuando faltara exactamente una hora para el nuevo milenio, un espectáculo de agua tomaría lugar en esta misma fuente.

Ingresamos por la alfombra roja de hilo de carbón que conducía al salón de recepción donde nos tomarían una foto que luego se publicaría en la exclusiva editorial de la revista *Planeta Paradiso*.

—Ahí llegan los Williams —dije al verlos bajar de su lujoso aeromóvil azul rabioso.

—Sonríe, Oliver —dijo Amanda mientras posaba para la fotografía.

Puse mi mano en mi pecho.

—Tengo ese dolor extraño —dije doliente.

—¿Qué dolor? —preguntó Amanda.

—En el pecho. Como el que siento por las noches. Aquí —dije señalando a un lado del corazón—. En este mismo lugar.

—En la semana te llevaré al médico.

El fotógrafo nos indicó con su mano, que nos corriéramos un centímetro a la derecha e introdujo su ojo en la brillosa lente, captando el ínfimo instante eterno con el abrir y cerrar del diafragma.

—No es un médico lo que necesito, sino unas vacaciones. Unas largas vacaciones —dije con la frente en alto mirando a la cámara.

La fotografía capturó, de forma particular, la tibia inmovilidad en mis pupilas.

—Y mira, han sentado a los Baker y los Adams en la misma mesa, alejados de la nuestra. Aunque no creo que quieran acercarse a saludar —dije en voz baja.

Amanda no contestó.

La encendida de velas de cera blanca en el salón principal anunciaba la llegada de los platos fríos.

Colgaban de los techos cientos de lámparas telaraña con distintos diseños de cristales que pendían de ellas. Debajo, decenas de mesas redondas con velas y candelabros en su centro. Cada una de las mesas, llevaba el nombre de una personalidad influyente de la historia. Nosotros tendríamos una silla asignada en la mesa *Van Allen*.

Un candelabro con seis puntos de luz iluminaba los platos de porcelana blancos que se usarían por vez primera y se reciclarían pasada la medianoche.

Se sentaban junto a nosotros, el Dr. Harrelson, especialista en física, arquitecto de la nueva autovía y programador de varias misiones espaciales y la Ingeniera Polanski, responsable de la mega construcción de los Alpes nevados en la zona alta del sur de Nicea y la réplica del mar Mediterráneo en la zona baja, junto a su marido e hijos.

Saludamos cordialmente. Nos ubicamos en la mesa y continuamos escuchando la conversación que se daba entre los comensales.

—No son las grandes decisiones las que definen tu vida, sino aquellas insignificantes, esas que no tienen importancia inmediata.

Todos miraban y escuchaban a la Ingeniera con atención. Y cuando ella hablaba, nadie interrumpía.

—Como el descubrimiento de la gravedad, el invento de la rueda o la sola idea de coexistir gracias a una economía basada en recursos infinitos, ocurrieron en un acto de azar. ¿Se dan cuenta de lo que eso significa? —preguntó Polanski.

—Nada de esto hubiera pasado —agregó el Ingeniero Harrelson.

—¡Exacto! La vida en el espacio, tal como la concebimos aquí, no sería posible. Y todo por un acto de azar. Y eso merece un brindis —dijo Polanski orgullosa—. ¡Por una sociedad mejor!

—¡Por una sociedad mejor! —dijo el marido de Polanski al aire.

—¡Por una sociedad mejor! —dijeron todos alzando sus copas.

Al cabo de unos minutos, los Williams se acercaron a la mesa para sentarse a nuestro lado. Saludaron cordialmente a la Ingeniera Polanski y a su esposo, hicieron un gesto a sus dos hijos, se presentaron formalmente con el Dr. Harrelson y luego se volvieron hacia nosotros.

—¡Oliver!, ¡Amanda! Qué gusto verlos esta noche —dijo Eric Williams.

—¡Querido Eric!, ¡Sara! ¡Qué agradable sorpresa! —dijo Amanda efusivamente.

—Nos preguntábamos si fueran a venir. No vimos nada en sus redes públicas —dijo Sara.

—Dejamos de utilizar las redes. Amanda me lo prohibió después de mi retiro, y para serles sincero, se vive mucho mejor sin ellas —dije mientras nos abrazábamos y saludábamos.

—Hace tanto tiempo que no tenemos noticia alguna de ustedes —dijo Amanda.

—Unos cuantos años han pasado, ¿verdad? —preguntó Eric.

—Hemos estado recorriendo el Mediterráneo. Tuvimos que dejar la zona Sur exclusivamente para venir a la fiesta —agregó Sara Williams.

Amanda me miró de reojo.

—¿Recorriendo el Mediterráneo? Suena

fantástico —dijo Amanda.

—No quisiera faltarle el respeto a su obra Ingeniera —dije dirigiéndome a Polanski y al resto de los de la mesa que ahora escuchaban nuestra conversación—. Pero, ¿se parece en algo al verdadero?

—Puedo jurarte, Oliver, que no tiene nada que envidiarle. Es una réplica exacta del mar Mediterráneo —dijo Eric.

—Por supuesto que lo es. Ese es mi trabajo —agregó Polanski.

—Ha hecho un excelente trabajo, Ingeniera —dijo el Dr. Harrelson—. Quizás deberían contratarla para la obra de Egipto el año próximo.

—Creo que en esta ocasión, la que necesita unas largas vacaciones, soy yo —aclaró la Ingeniera Polanski.

—Y bien merecidas las tiene —dijo su marido.

Las cientos de bandejas de comida no tardaron en salir de la cocina. Como si fuera una coreografía ensayada, los sirvientes, casi humanos, llevaron a cada mesa, platos con todo tipo de comidas excéntricas y de mucha elaboración.

—¿Qué me dice del fuego, Ingeniera? —pregunté incitante—. Podremos vivir alejados de nuestra Luna, también puede ser posible que fabriquemos nuestro propio oxígeno y vivamos con un sol mecánico... pero hay algo que es irreemplazable. Y eso es el fuego.

—Estamos trabajando en eso —contestó la Ingeniera.

—¿Realmente cree que el ser humano pueda prescindir de él? — preguntó Amanda.

—Nos la hemos arreglado muy bien hasta ahora, ¿verdad? —contestó Polanski a toda la mesa.

—¿Cree que algún día seamos capaces de crear fuego aquí arriba? —preguntó Eric.

—Algún día... claro —contestó Polanski ingeniosa—. De todas formas, debo decirles que existen varias formas de reemplazar una *llama*. Nuestro mismísimo sol mecánico utiliza una combinación de fusión producida por antimateria y una tecnología semejante a la electricidad del siglo XXIII, la cual esperamos en unos pocos años poder llevar a los hogares de todo Nicea. Tan solo necesitamos tiempo, como todo gran suceso en la historia de los humanos —Polanski hizo una pausa—. Se necesita tiempo.

—Entonces, ¿debemos olvidarnos del fuego por el momento? —preguntó Amanda.

—Por los próximos cien años al menos —dijo el Dr. Harrelson con seguridad mientras llenaba su copa de vino blanco.

—No creo que vivamos tanto, ¿verdad, Amanda? —dije irónico.

Los hijos de la Ingeniera pidieron permiso y dejaron la mesa para ir a corretear por los verdes jardines.

La comida finalmente llegó a nuestra mesa interrumpiendo la conversación.

Un *hummus* de remolacha con setas de cardo acompañado de bocados de espinaca rebozados en harina de coliflor salía de la cocina como plato entrante. Una *Crepe* rellena de lentejas y arvejas cubierto en salsa de zanahorias como plato principal llegaría detrás.

Sara Williams puso su nariz en el plato y demostró agrado.

Como era habitual en la ciudad de Nicea, el brindis se haría con el plato en lo alto, chocándolos unos con otros pero sin dejar de mirarse a los ojos al hacerlo.

Eric aprovechó la distracción para dirigirme la palabra.

—Cuéntame, Oliver, ¿cómo te trata la vida después del retiro? —preguntó llevando el *hummus* a su estómago.

—La verdad es que no me puedo quejar —dije mientras me servía más vino—. Tengo que admitir, que en un principio, dejar mi trabajo de piloto fue como una completa desgracia. Pero ha sido una especie de regalo, al final de cuentas.

—Ha sido como una bendición, ¿verdad? ¿Eso tratas de decirme? —preguntó Eric.

—Exactamente. Ha sido una bendición. Es a Amanda a quien más debo agradecer. Sin ella no hubiera podido salir adelante, créeme.

—Bueno, pues. ¡Ahora tienes que disfrutar! Que para eso es la vida, ¿no? Un día estás viajando en velero por el Mediterráneo bebiendo jugo de mango y al día siguiente te internan por un simple dolor y eres historia; comida de gusanos o peor...

—¿Se puede saber de qué están hablando ustedes dos? —preguntó Amanda interrumpiendo la conversación.

—Tan solo estamos hablando de la vida, ¿verdad? —contesté amable.

Los hijos de Polanski regresaron y se sentaron nuevamente.

—Yo sé que hace mucho tiempo no conversamos realmente, Eric. Pero, ¿puedo preguntarte algo?

—Claro.

—¿Somos amigos, verdad? —pregunté.

—Por supuesto que lo somos, Oliver. Dime lo que sea. Puedes contar conmigo.

—¿A veces no sientes ganas de escapar, como si te estuvieras sofocando y la vida no tuviese sentido, no fuera suficiente? No sabes a dónde vas o de dónde vienes o si acaso tienes un propósito.

—Vamos, Oliver. Tranquilo. ¿Qué pasa, hombre? Tienes que cambiar esa actitud. Tú eras el que me decía que la vida es puro goce.

—Es algo que no puedo explicar con palabras. Es un sentimiento interno que no logro comprender.

—Cuéntame, ¿qué sentimiento? —preguntó Eric.

—¿Te has preguntado por qué le llaman una

corazonada? Es porque lo que sientes, lo tienes dentro del corazón.

—¿Qué es lo que sientes, Oliver?

—Un presentimiento —dije y coloqué la palma de mi mano en mi pecho—. Un dolor punzante.

—Deberías hablar con nuestro médico. Yo me hice todo tipo de chequeos apenas regresamos de la zona Sur. Luego hablaré con Amanda para que te pida una cita.

—Es que no creo que sea algo que tenga que ver con la medicina, Eric. Esto es diferente.

—Vaya, ahora sí que me estás asustando.

—No lo tomes en serio. Solo necesito descansar —dije para no causar más revuelo—. Olvida que te he mencionado algo al respecto.

—Tú ve a ver al médico y luego me dices como te fue. Hazme caso —concluyó Eric.

Al otro lado de la mesa la conversación se agitaba entre Amanda y la Ingeniera Polanski.

—Solo estoy diciendo que es un tanto peligroso entregar poder a un sistema inteligente. No me malinterpreten, pero... ¿acaso no fue un humano quien programó los controles principales de Harby?

—Sí, claro que fue un humano. Efectivamente —contestó la Ingeniera.

—Entonces dicho sistema se encuentra viciado —dijo Sara.

—No precisamente. Hoy en día, Harby se autoprograma y actualiza. Hasta ha generado nuevas normas y patrones de conducta que a nosotros jamás se nos hubieran ocurrido. En otras palabras, ya no nos necesita para nada —concluyó Polanski con el tono desafiante y sarcástico a la vez.

—¿Acaso eso no le parece algo peligroso? —preguntó Amanda.

—¿Cuál sería el peligro exactamente? —repreguntó Polanski.

—Tenemos un sistema que nos viste, nos da de comer, nos observa mientras dormimos... ¿Y ahora me dices que es dicho sistema quien crea las reglas que nos rigen día a día e incluso lo rigen a él mismo?

—Exacto —contestó Polanski orgullosa.

—Me pregunto qué sucederá el día en que nosotros ya no seamos una prioridad —agregué.

—Se lo explicaré mejor con un ejemplo —dijo Polanski y toda la mesa hizo silencio para escucharla—. Supongamos que encuentras una billetera tirada en la calle. La abres y ves que hay mucho dinero dentro. Ahora tienes dos posibilidades, como humano. Puedes quedártela sin decirle a nadie, y de esa forma serás más rico y podrás comprar lo que tú quieras... pero tienes otra alternativa mucho más cautivadora. Puedes devolverla. No tendrás dinero para gastar, pero este acto traerá felicidad y amabilidad al mundo, además te sentirás honrado por tu honestidad.

—¿Qué tiene que ver eso con Harby, Ingeniera? —preguntó Sara Williams.

—Lo que intento decir es que Harby jamás tendría que elegir. Harby no piensa como humano. Seria irracional aplicar conclusiones humanas. ¿Lo entienden?

—¿Pero qué pasará el día en que nosotros estemos en el camino de su naturaleza o atentemos contra ella? — preguntó Amanda.

—Supongo que esa es una pregunta que no puedo responder con certeza. Pero de algo estoy segura; me encantaría estar viva para presenciar ese suceso.

—Espero que tenga razón, Ingeniera —concluí.

En pocos segundos, los sirvientes maquinales levantarían las sobras y dejarían la mesa pulcra para el tercer paso.

VI

El cambio de velas junto con la llegada de decenas de bandejas anunciaba la llegada del plato final. Aromas de recetas ancestrales invadieron el salón. Una mesa rectangular era la depositaria de los mejores postres del sistema solar.

—Iré a buscar un poco de crema de papaya y Tarta *Sacher*. ¿Alguien desea algo? —preguntó Sara Williams.

—Creo que iré contigo. Sirven un *Coulant* exquisito que no quisiera que se enfriara antes de llegar a mi boca —dije levantándome de mi silla.

Caminamos por las alfombras persas de lana, seda y algodón que conducían hacia los dulces postres. Nos hicimos paso entre las esculturas y candelabros que llenaban el salón de historia.

—Y, ¿acaso siguen yendo a la casa de verano en la playa? —pregunté a Sara mientras caminábamos.

—La verdad es que ya no vamos, Oliver —dijo Sara—. A veces lo sugiero pero terminamos planeando un viaje a otro sitio, como al mediterráneo, que ha sido nuestra casa por el último tiempo.

—Es una lástima que ya nadie vaya. Recuerdo cuando por las noches jugábamos a las cartas en la mesa de pino sobre la arena.

—Y yo era la que siempre ganaba, ¿también recuerdas eso? —dijo Sara mofándose.

—Buenas épocas, ¿verdad? Largas noches de carcajadas.

—Deberíamos repetirlo algún verano. Si es que Eric no se opone —dijo Sara.

—¿Por qué habría de oponerse? —pregunté.

—Ya no quiere regresar a la casa. Hace unos meses habíamos hecho las maletas y teníamos todo listo para partir. Nos esperaban dos aeromóviles programados. Pero Eric cambió de parecer a último momento. Se encerró en el dormitorio y no quiso salir por dos días. Negándose a hablar conmigo.

—No suena como algo que haría él, ¿verdad?

—Es algo en esa casa que lo pone triste. Ya no me deja ni hablar de ella —confesó Sara.

—Hablaré con él y con Amanda. Organizaremos unas vacaciones —dije para confortarla.

Había enterrado esas memorias completamente. Había sacado de mi ser los destellos de una vida con sal y brisa ilusoria... con la calma del océano artificioso a pocos pasos y el sonido de las olas en la mañana.

Pasábamos los meses de calor en su casa a orillas de la costa del lago *América*, compartiendo juegos de tablero después de una larga cena en la silenciosa galería de pisos de madera terrestre, enrollando cigarrillos de tabaco de jazmín que nos mantendrían despiertos hasta que la madrugada nos cerrara los párpados. Saldríamos a mirar el cielo colmado de estrellas antes de dirigirnos a la cama; y llevaríamos esos reflejos a nuestros profundos sueños.

También había olvidado el vínculo que teníamos con los Williams, la cantidad de momentos que habíamos compartido; las alegrías y pérdidas, las distancias y los reencuentros. Y por sobre todo había olvidado cuanto puede el tiempo alejarte de una persona.

Tomé un plato y me serví el tan deseado *Coulant* relleno de chocolate. Tibio y crocante por fuera.

—Volveré a la mesa —dije a Sara.

—Claro, ya voy —dijo mientras se servía de la gran fuente de crema de papaya.

Disfruté ese postre hasta la última miga.

Me senté junto a Amanda. Polanski, Harrelson y sus familias disfrutaban del resto de los postres.

Otro cambio de velas anunció la llegada del espectáculo en la fuente de agua.

Cada año se orquestaba una coreografía acuática con luces y música compuesta para la ocasión.

La fiesta entera abandonó el salón para dirigirse, por las alfombras bordó sangre, hacia el jardín central que daba de cara a la imponente fuente.

—¿Vamos? —dijo Amanda tomándome de la mano y levantándose de la silla.

—¡Espera! —dije llevando mi mano a mí corazón y me detuve.

—¿Qué pasa, Oliver?

—Es mi pecho —dije adolorido.

—Has comido mucho. No deberías haberte servido postre —dijo Amanda.

—No es eso. Vamos —dije—. Ya se me pasará.

—Mañana mismo llamaré al doctor de los Williams y pediré una cita para este lunes —agregó Amanda—. Me tienes preocupada.

Llegamos a la gran fuente danzante. La música generada a conciencia de todos los presentes comenzó a esbozar melodía. El primero de muchos disparos de agua dio inicio a la función.

El público aplaudió feliz y satisfecho.

La música se escuchó a volumen más alto.

Los ojos iluminados de todos los invitados se perdían en las formas del agua escondida en las coloridas luces.

Tomé de la mano a Amanda.

Me miró.

La miré fijamente.

—Dime la verdad, Amanda. ¿Qué está sucediendo? Mis sueños… no son sueños, ¿verdad?

Su mirada cambió repentinamente.

La tomé del rostro.

Una gota de sal que nunca dejó sus ojos, abundó en su espíritu con una frágil tristeza que había permanecido escondida por mucho tiempo.

—Es mi culpa, Oliver. Todo esto es mi culpa.

—¿De qué hablas, Amanda?

La fuente de agua danzante se movía de un lado a otro.

—Fui muy egoísta. ¿Cómo pude hacernos esto?

—Amanda, me estas preocupando. ¿Qué sucede?

—Oliver. Te extraño tanto —dijo Amanda.

—¿De qué hablas? —pregunté.

Me abrazó más fuerte que nunca.

—No sabes cuánto necesito volver a verte, Oliver. Volver a tocarte.

—No te entiendo. Aquí estoy. ¿Por qué estás triste?, ¿por qué me dices eso?

—No sé ni por dónde empezar. ¿Cómo decírtelo? —dijo Amanda mientras el espectáculo de agua se lucía a su espalda—. Tú no tienes la culpa.

—Habla de una vez, por favor.

—Supongo que ha llegado el momento de contarte la verdad.

—¡¿Qué verdad?! —pregunté exaltado.

Amanda hizo un silencio. Pensó en qué palabras usar.

—Tú no eres tú. Bueno, si lo eres. Pero no el verdadero Oliver.

—¿Qué dices? Claro que lo soy —dije calmado

—Estoy diciéndote la verdad. Escúchame, por favor.

—¿Me tomas por loco?

—Se encargaron de que tú no recordaras nada. Tu misión... —dijo Amanda y se largó a llorar.

—¿De qué misión hablas, Amanda?

—Tu misión al Sol. Tú eres el Capitán, Oliver.

—No recuerdo ninguna misión. ¿Qué fue lo que sucedió? —pregunté confuso.

—Tus sueños.

—¿Qué tienen mis sueños?

—Lo que tienes por las noches, no son pesadillas.

—¿Cómo que no son pesadillas?

—Son recuerdos.

—¿Recuerdos? —cuestioné.

—Moriste allí en Mercurio, en la nave. Todos murieron... Y jamás regresaron.

En una sola frase mi existencia perdió todo sentido.

—Eres un sustituto, Oliver. Una máquina biológica —concluyó Amanda.

Sentí un millón de pedazos de metal ardiente penetrar en mi piel, mi cuerpo; mi preciado y frágil cuerpo.

—No entiendo que ha pasado —exclamó Amanda—. No deberías recordar nada. No deberíamos estar hablando de esto, Oliver. Pero últimamente has estado actuando tan extraño. Ya no sabía qué hacer. Perdóname. Tú me pediste que no te dijera nunca.

—No puede ser posible. ¿Piensas que yo no me habría dado cuenta si hubiera sido reemplazado? Debes estar confundida, alucinando o paranoica.

—Usaron tu código genético.

—¿Mi código genético? No puede ser. Me siento verdaderamente humano. No tiene sentido. ¡Vamos, Amanda! ¡Dime que me estás jugando una broma pesada!

—Tienes que creerme —largó Amanda al borde del llanto—. Dijeron que nada de esto sucedería

—¡Pues aquí estamos! ¡Está sucediendo! —dije eufórico—. ¡Di algo, no te quedes callada!

—Siéntate, Oliver —dijo Amanda.

Me senté en un banco de madera de cedro. La melodía de la fuente danzante aún vestía la noche.

—Mi sueño...

Un último pedazo de recuerdo olvidado volvió a mí como una inyección de memoria; los segundos previos a mi muerte.

En tan solo un instante la misión se había convertido en un completo fracaso. Abandonar Mercurio y dirigirse al Sol ya no era una prioridad. Enardecer la estrella ya no formaba parte de nuestros planes. Ahora luchábamos por sobrevivir.

Cerré los ojos por un instante.

Pensé en Amanda. Si pudiera salir vivo de esta, dejaría mi trabajo. Disfrutaría mi temprano retiro. Si tan solo me dieran una segunda oportunidad, bebería jugo de frutas en las mañanas y dormiría la siesta en la cálida sombra todas las tardes para luego despertar y tomar un baño de litio. La despertaría a Amanda en medio de la noche solo para abrazarla y decirle que la quiero. Que la amo con tremenda locura.

Un fuerte relámpago seguido de una gran luz blanca suspendió el tiempo y descendí de lo alto en los suaves brazos de Amanda.

—Necesito un trago.

—Las bebidas alcohólicas han estado prohibidas por años, Oliver. Es por eso que no puedes encontrar la maldita botella. ¡Ya no existen! Nadie las vende en Nicea, solo por unos pocos locos que las fabrican a escondidas. Por alguna razón lo olvidas y crees que guardas una en el viejo gabinete. Has perdido la percepción del tiempo por completo.

—Han manipulado mis recuerdos, jugado con mi mente —dije frenético—. ¿Qué sucedió con mi cuerpo?

—Nunca regresaron, Oliver —contestó Amanda—. Tu cuerpo aún permanece intacto dentro de la nave en alguna parte de Mercurio —dijo Amanda e hizo una pausa para tomar aire—. Tuvimos un gran funeral en el mirador. Los Baker y los Adams también estuvieron allí.

—¿Un funeral? —pregunté anonadado.

—No hubo un cajón ni alguien a quien despedir

pero tus iniciales fueron lanzadas hacia la Tierra, como tú querías —continuó diciendo Amanda—. Todos estuvieron allí. Tu hermano dijo unas palabras.

—¿Él también lo sabe? Quiero verlo —dije recuperando el aliento—. Necesito hablar con él.

—Tu hermano ha muerto, Oliver —confesó Amanda.

Pensé en mi infancia. En los momentos junto a mi hermano. Las tardes en que mi madre llenaba la bañera de agua y espuma para que jugáramos como niños.

Adiós, hermano. Gracias. Dije sin siquiera abrir la boca.

—¿Es por eso que no has querido llevarme al sur? ¿Por esa razón has estado postergando las vacaciones?

—No quise hacerte daño, Oliver. Se suponía que tú no recordarías nada.

—¿Y, los Williams? ¿También saben que yo no soy yo? Acaso, ¿todos en esta maldita fiesta saben que soy un sustituto? —pregunté al borde de la desquicia.

—Todos lo saben, claro. Eres un héroe para todos ellos. Diste tu vida en esa misión, Oliver.

El calor, el vicioso y demoníaco calor alojado en mi perdida memoria, rasgaba las paredes de mis recuerdos.

—También debería decirte que Sara... —

continuó diciendo Amanda.

—¿Qué pasa con Sara?

—Sara es un sustituto al igual que tú.

—¡Dios mío! ¿Cuándo sucedió? —pregunté.

—Lo siento —dijo Amanda y se sentó a mi lado—. Eric pensó que sería mejor no decírselo a nadie.

El espectáculo de agua finalizó.

Se escucharon aplausos y murmullos.

Delirio. Mi mente flotaba. Mis pensamientos giraban por la nave metálica que nunca abandoné. Que nunca regresó para escuchar un mar de aplausos callados.

Algunos recuerdos aún ondulaban en la superficie de mi memoria.

Quizás debí haberme retirado un año antes, como Amanda quería. Rechazar la misión suicida al Sol.

—Tú fuiste quien lo sugirió, ¿no lo recuerdas? En caso de que no llegaras a regresar... —preguntó—.

—Fue una pésima idea, te lo aseguro —dije rendido—. ¿Qué haremos ahora? —pregunté.

—No lo sé, realmente no lo sé —contestó Amanda—. Pero estaremos bien si estamos juntos. ¿No crees?

El cielo completo de nubes negras cubrió las estrellas y predijo una tormenta de litros de agua seca.

—¿Recuerdas la última vez que nos vimos? Esa tarde, antes del despegue. Lo recuerdo como si fuera hoy —dijo Amanda e hizo una pausa para llenar sus ojos de lágrimas—. Lucias tan determinado, Oliver.

Las imágenes volvieron a mí en forma borrosa.

Caminé hacia las puertas metálicas. El imponente escudo en mi traje relucía al Sol natural.

Los nervios, el ansia, la esperanza de toda una raza puesta en nuestras espaldas.

Miré a Amanda como nunca antes lo había hecho. Vi a la misma joven mujer que conocí bajo la lluvia en una tarde en la Tierra, cuyo mechón dorado tapaba su ojo derecho cuando alzaba la mirada.

Nos besamos.

Me despedí; sin saber que las cinco palabras que pronuncié serían las últimas que Amanda me escucharía decir.

Fue la frase. La misma frase que se encontraba tallada en madera terrestre en nuestro living.

El regalo que Amanda me había hecho para nuestro aniversario no era más que un homenaje, un recordatorio de nuestro último adiós; como una melodía desencadenada que se pierde en un recuerdo que ya no se volvería a repetir.

Le solté la mano. Bajé la mirada y eché a caminar.

—Espérame que regreso pronto —dije en voz baja... o quizás fue mi imaginación; o un deseo de haberlo dicho.

Los motores se encendieron. Desde mi asiento de mando saludé agitando mi mano en el aire, sin saber si Amanda alguna vez llegaría a verme.

Una delgada garúa que solo se veía si uno miraba las luminarias que alumbraban los caminos del jardín, cayó sobre nuestra piel enfriándonos por fuera.

—Ven, levántate —dijo Amanda tomándome del brazo.

En el salón principal el cambio de velas anunciaba las doce menos diez minutos. Debíamos dirigirnos hacia el salón de baile donde el reloj tocaría los doce campanazos que darían comienzo al nuevo milenio.

Amanda tomó mi espíritu rendido y abatido en sus brazos.

—Disfrutemos de la fiesta. Olvidémonos de todo lo que nos ha sucedido por un instante. Olvidémonos del cohete, del tiempo que pasé sin ti. Aprovechemos que estamos aquí, ahora —dijo Amanda reflexivamente.

—Supongo que tienes algo de razón —dije comprensivo.

La delgada lluvia se convirtió en pura agua.

—¿Sabes una cosa, Oliver?, todo esto que nos ha pasado tiene algo positivo en algún punto. Realmente nunca tuve la oportunidad de despedirme de ti —dijo Amanda con los ojos brillosos. —Luego hizo una pausa—. Te fuiste de un día para el otro. Ni siquiera pude decirte cuanto te amaba.

—Supongo que ahora puedes hacerlo —dije con

una sonrisa.

—Tienes razón.

Comprendimos que las segundas oportunidades son un privilegio poco común.

—Ven, vamos al salón —dijo Amanda quitándose los zapatos.

Tomó mi mano y rápidamente echó a correr como un rayo.

Nos deslizamos entre las flores y los arbustos rodeados de esculturas, pisando el verde y la humedad. Seguí sus pies descalzos que se llenaban de juventud con cada pisada. Fui detrás de su figura durante todo el trayecto, confiando, siguiendo su risa, perdiéndome como un niño que corretea vistosamente.

—¡Apúrate! Llueve más fuerte —dijo Amanda pero sus palabras fueron arrastradas por un lejano recuerdo.

—¡Ya casi llegamos! —dije con la cara empapada y los zapatos inundados.

Mi mano aun sujetaba la de Amanda.

Supe que estaba vivo.

Algo de claridad acariciaba mi alma.

Por fin, algo parecido a la tranquilidad.

Las gotas de agua penetraban mi piel como una aguja caliente. El frio acariciaba mis pestañas. El significado de estar vivo y la incógnita de estar muerto se desvanecían con cada movimiento de las agujas del reloj central.

Algunos recuerdos de mi cálida niñez en la Tierra recorrían los espacios más inhabitados de mi memoria.

La risa de mi hermano menor.

El aroma de la comida de mamá.

El sonido de las llaves de papá.

Las tardes familiares en el lago.

Todas esas remembranzas no eran más que reflejos de lo que realmente había sucedido. Como una falsa alegoría de las cavernas, mi alma aún cobijaba sombras y reflejos de un sinfín de momentos.

Pero había algo real en lo que estas pupilas habían tenido enfrente; era el amor. El amor de mi familia, de mis amigos... el dulce amor que Amanda sentenciaba en mí cada mañana.

Y ahora, era nuevamente el amor el que me rescataba de lo más profundo de mí ser perdido.

Pisamos las alfombras rojas de hilo de carbón que daban paso a las dos enormes puertas del palacio.

Quizás haya sido mi imaginación, pero puedo jurar que la fiesta entera se hizo a un lado dejándonos pasar.

Volvimos a nuestra mesa y nos sentamos al lado de los Williams nuevamente.

Miré a Sara cautelosamente. Ella sonreía sin saber quién era; o qué era. Sin entender aún que sus venas no conducían sangre por su cuerpo y que sus memorias se encontraban alojadas en una delgada gelatina protegida por un cráneo sofisticadamente diseñado en un laboratorio.

En los jardines, las descargas de electricidad desnudaban y exponían una noche tormentosa. La fuerte tempestad iluminaba las lámparas, los candelabros y todo lo que brillaba en metal.

Como nuestro sol; la tormenta no era real.

El último cambio de velas anunciaba el fin de la fiesta. En uno de los rincones del salón principal una joven máquina biológica con cabellos largos interpretaba los *Nocturnos* de *Chopin* a bajo volumen, acompañando a los invitados en su salida.

—Mira, Amanda. El hombre del piano. El mismo de mi sueño.

—Todos ellos lucen igual, Oliver —dijo Amanda.

—No, no es verdad —contesté.

Volvimos a nuestra mesa a saludar. Pasamos por al lado de los Baker y los Adams pero no hicimos contacto visual.

—Será hasta el año que viene entonces —dijo Eric Williams.

—Así será —dije sin saber si eso sucedería.

—Quizás este verano podamos ir a nuestra casa en la playa —dijo Sara, sugiriendo en la mirada, décadas de recuerdos en forma de suvenir.

Eric no contestó.

Y fue por una simple razón.

Habían construido, con sus manos desgastadas, un castillo de cristal inquebrantable. Y cuando construyes algo con alguien, cuando realmente pones toda tu energía y creas algo irrompible, te niegas a recorrer sus escombros y recoger las cenizas.

Dentro de las paredes de esa casa en la playa había fluido el inequívoco lenguaje del amor.

Un hombre solo puede soportar un cierto cumulo de sufrimiento. Y Eric, después de la partida de Sara, había tomado la decisión de no volver a pisar ese lugar nunca más... pero el sustituto de Sara jamás llegaría a comprender el verdadero motivo.

—Suerte en el Mediterráneo —dijo Amanda.

—Espero que nos veamos pronto —dijo Sara con una mirada esperanzada.

Nos saludamos y nos dimos un abrazo.

Entendí el motivo de nuestro distanciamiento. Y es que no hay realmente una forma de mirar a los ojos a un amigo y ocultarle la verdadera esencia de lo que es. Y si la hubiera, ¿quién quisiera ser el emisario de dicha mirada?

Dejamos la mesa estrechando la mano del Ingeniero Harrelson y saludando a cada integrante de la familia Polanski.

Abandonamos el salón principal.

Llegamos al Hall de entrada. Una cortina de lluvia era todo lo que sea veía. Era una de esas noches en que sientes que el mundo se acaba frente a ti. Las plantas se sacuden y puedes ver las gotas impactar en los charcos de agua.

Harby encendió el aeromóvil y vino en busca de nosotros.

La lluvia caía desde lo más alto de las densas nubes.

Amanda subió al asiento trasero del excéntrico vehículo evitando pensar demasiado. Sus cabellos mojados enfriaron mi piel pero sus cálidas manos abrazaron mi alma.

El aeromóvil se alejó elevándose entre los reflejos de la densa lluvia y los brillosos parpadeos de lejanos relámpagos en el oscuro horizonte.

VII

Felices llenos de dolor pasamos un largo rato quemando nuestras frentes al Sol verdadero del verano en las nuevas reposeras de madera plástica.

La mañana de algún día del tercer milenio envolvía de frescura y calor una situación que habíamos vivido repetitivamente por los últimos años.

El dolor en mi pecho había desaparecido.

Como una gota de metal que invade el corazón y nubla la mente, algunos recuerdos permanecerían enterrados en nuestro jardín para nunca salir a la superficie.

Una pequeña llama de fuego que nunca se apagaba en el living mantenía las vibraciones equilibradas dentro de la casa.

Oz, que todo lo advertía, refregaba sus manos en mi falda, haciéndome saber de una forma u otra, que me comprendía. Que estábamos hechos de la misma sustancia y que ambos habíamos recorrido los escondites más nostálgicos de nuestras finitas memorias.

Su mirada desconfiada aún clavada en el fuerte Sol.

—Han llamado los Martin cuando dormías —dijo Amanda.

—¿Qué querían? —pregunté.

—Invitarnos a pasar unos días en su casa de verano

—¿Cuándo? —pregunté.

—La semana próxima —contestó Amanda.

—¿Tienes ganas de ir?

—Por supuesto, Oliver. ¿Acaso no querías tomarte unas vacaciones?

—¡Claro que sí! Llámalos y diles que iremos —dije mientras me ponía de pie—. ¿Quieres más jugo?

—Si, por favor —contestó Amanda—. ¡Sin nada de pulpa!

Un destello de electricidad e hidrogeno escapó hacia las estrellas inadvertido.

—Harby, ¿cuál es la temperatura anunciada para esta tarde? —preguntó Amanda.

—La sensación térmica anunciada para esta tarde será de treinta y cuatro grados centígrados —dijo la voz dieléctrica—. Y luego descenderá a veintisiete grados centígrados durante el crepúsculo.

Regresé de la cocina con la copa llena de jugo de frutas.

La suave brisa rociaba las delgadas nubes con la

fragancia de violas y hortensias cuyas raíces ansiaban enterrarse en los suelos fértiles.

—Harby ha comenzado a trabajar en tu jardín —dijo Amanda con curiosidad mientras tomaba la copa de jugo.

—Estará removiendo la tierra —dije—. ¿Ya has visto cuan fuertes están los zapallos, verdad?

—Si los he visto. Pero Harby ha estado trabajando en otra cosa. Debe haber unas cincuenta plantas listas con flores de todos los colores que te puedas imaginar —dijo Amanda—. ¿Para qué tantas?

—Las plantaré en el fondo del jardín —contesté—. ¿Vienes conmigo, Oz?

Oz se desplazó en busca de un aroma perdido.

—¿Quieres dormir la siesta luego del almuerzo? —preguntó Amanda.

—Claro —contesté.

Amanda sonrió.

Caminé hacia el fondo del jardín.

Tomé las más de veinte macetas y las coloqué en la carretilla junto a la pala y el rastrillo recientemente moldeados para embellecer el paisaje y dar paz a los seres que bajo la falsa tierra reposan.

Fui detrás de los cortos pasos del gato hacia la pequeña lomada donde reposa su verdadero ser.

Descargué las macetas color ladrillo, una por una. Tomé el coraje de quinientas vidas y comencé a cavar nuevos pozos. Puse mis manos en la tierra. Planté las bellas flores dando color y vida al mundo en el que vivíamos.

Regué sus raíces cuidadosamente.

—Mañana volverán a estar vivas —dije mirando el Sol enceguecedor.

Intenté de todas las formas posibles evitar mirar la piedra que intenta ocultarse detrás de las violas y las hortensias. La piedra que yo mismo coloqué veinte o cincuenta años atrás... doscientos quizás. A esta altura ya he perdido la cuenta. Intenté por siglos no dirigir la mirada hacia esta lapida, la que me recuerda la fragilidad de nuestros cuerpos y la fortaleza del verdadero amor, la cruel piedra que señala:

Amanda
(2756-2799)

El cielo cubrió mi existir de perpetuidad.

Había algo del pasado que había permanecido intacto. También había sido ella quien me había implorado que si esto llegara a suceder, si ella llegara a morir y fuera reemplazada, la dejáramos vivir sin saber la verdad. Sumergida en una fantasía total.

Mi amor fue pleno; cumplí mi palabra por siglos. Incluso sin saberlo, en la más extraordinaria y remota circunstancia.

Quizás habríamos asistido a más de doscientas o trescientas fiestas de fin de año.

En algún lugar, en algún tiempo olvidado, donde todos los relojes se encuentran detenidos, se hallan nuestras inmortales almas.
Majestuosamente unidas.
Eviternas.
Viviríamos el resto de nuestros días tomando jugo de frutas por la mañana y baños de litio por las tardes. Tendría esa segunda oportunidad que tanto había ansiado.
Despertaría en medio de las noches para decirle al oido a Amanda cuanto es que la amo.
Soñaríamos incansablemente con la idea de tener un hijo. O una hija quizás…
Tendríamos el placer de sentirlo todo, de olvidar el verdadero lapso de los años y postergar la percepción del tiempo.
Recordaríamos todas las noches antes de irnos a dormir, que como un centelleo llegamos al mundo y por un milagro del destino, seremos siempre eternos.

FUEGO Y FRUTILLAS

I

La Luna, Júpiter y Saturno se desplazaban frenéticamente mientras las ráfagas de vida soplaban en mis suaves párpados trayendo el aroma del verano y de las vacaciones. Los cabellos mojados, las uñas largas y los pies sucios envolvían el sabor de la infancia en los agitados aires. Los manteles blancos, las sábanas perfumadas y la cerca abierta de par en par anunciaban la llegada de los demás integrantes de la familia.

Habían adecuado el mundo a mis ojos. Ojos que miraban las verdes colinas sin juicio y sin maldad… y con esperanza. Siempre con esperanza.

—¡Ahí vienen! —dije tendido en el verde césped.

Habían puesto miles de pastos melodiosos que daban color a las mañanas de Sol, un lago para que nos bañáramos en las tardes de calor, varios árboles de cítricos para recoger los frutos en el invierno y una casa de dos pisos que había alojado las navidades familiares por más de cinco décadas.

Pronto las habitaciones estarían todas ocupadas, los pasillos colmados de maletas y la casa llena de voces. Habría mesas largas y extensas charlas de sobremesa.

Tina, mi hermana menor, correteaba por las escaleras, mamá decoraba los jardines y papá me ayudaba a colocar las luces de colores en los techos que relucirían por la noche.

—¡Ahí vienen! —gritó papá entusiasmado.

A lo lejos, se veía la seca tierra levantarse en polvareda, abriendo paso al arribo de los primeros de la familia.

—¿Quiénes vienen? —preguntó mamá a lo lejos.

—¡Los tíos! ¡Son los tíos! Tienen que ser ellos! —contesté corriendo hacia el frente de la casa.

—Es mi hermano Eduardo —dijo papá y dejó lo que estaba haciendo. Se limpió las manos con un trapo viejo que llevaba colgado en su cintura y se quitó el sudor de la frente con su camiseta.

—Alex, ¿puedes hacerme un favor? —preguntó papá.

—Claro —contesté.

—Ve a sacar las bebidas de la nevera.

Por la mañana habíamos pasado horas exprimiendo frutas y preparando jugos, maravillados por la peculiar sensación de estrujarlas con toda la mano hasta que solo quedara la pulpa chamuscada dentro del puño.

Abrí la nevera y en puntas de pie, alcancé a tomar los frascos de vidrio. En pocos segundos se nublaron de escarcha y comenzaron a echar gotas. Los coloqué en una caja de madera terrestre y caminé con ellos hasta la larga mesa rectangular de mantel blanco en la que cenaríamos más tarde, prestando atención a los sonidos que producían los frascos chocándose unos con otros, con una fragilidad casi admirable.

El vehículo que se aproximaba disparando rocas de tierra a los lados, traía dentro al tío Eduardo, la tía Susana, el primo Lucas y su perro Otto, a los cuales no habíamos visto desde la navidad pasada. Descendieron del vehículo cargando bolsas, paquetes con moños y valijas.

—Ve a ayudarlos, hijo —dijo papá.

Mamá salió de la casa.

—¡Cuñada! —gritó el tío en cuanto vio a mamá.

—¡Eduardo! —respondió mamá.

Saludé a los tíos y a mi primo.

—¡Qué grande estás! —dijo el tío en cuanto me vio—. ¿Cuánto has crecido, muchacho?

Largué una carcajada.

Lucas dejó las valijas en el piso.

—¡Lucas! Ve a saludar a tus tíos antes de irte a jugar por ahí —dijo el tío Eduardo.

—¿Sabes algo de Raquel? —preguntó la tía Susana luego de saludar.

—Han pasado la noche en un satélite terrestre. Dijo que llegarían antes del atardecer —respondió mamá.

Los adultos ingresaron a la casa.

—¡Vamos, ven conmigo! —le dije al primo Lucas—. Sígueme.

El perro vino con nosotros.

Corrimos entre los pastos con el Sol del mediodía sobre nuestros hombros hasta llegar a la casa del árbol donde no había nadie que nos dijera lo que teníamos que hacer.

Habíamos construido la casa sobre un enorme ombú cuyas ramas habían bailado al compás del ligero viento que se paseaba por los campos aledaños. Papá sugirió, luego de una fuerte tormenta, utilizar la madera de un viejo mango que no había resistido el poder de un rayo, y servido a nuestros pies, se dio como ofrenda para vivir por siempre en la forma de una casa de árbol de tres pisos, acompañado del sonido de los niños.

Durante más de dos años, todas las tardes, sin excepción, esperaría a que papá llegara de trabajar y juntos colocaríamos madera por madera, clavo por clavo, hasta alcanzar la obra maestra.

—De a un minuto por día… Recuérdalo, hijo —largó papá mientras colocábamos las últimas piezas—. De a un minuto por día, en esta vida lograrás cualquier cosa que te propongas.

—¿Cualquier cosa? —pregunté

—Cualquier cosa —respondió papá y alzó los brazos hacia la casa en el árbol—. Y esta... es la prueba.

Llegaría la hora de la primera comida. Mamá y la tía Susana nos gritaron desde la casa.
—¡El almuerzo está listo!
El tío Eduardo había traído una gran cacerola de curry de zapallo que acompañaríamos con arroz y lentejas. De postre degustaríamos sabrosas frutillas con crema de almendras.
Los niños nos sentamos en la cabecera de la mesa.
—¿Cuándo vendrá el abuelo Pat? —preguntó mi hermana Tina intrigada.
—Llegará mañana —contestó mamá.
—¿Mañana? —preguntó el primo Lucas.
—Ha dicho que tiene una sorpresa para todos.
—¿Qué sorpresa? —pregunté
—No lo sabemos, Alex —contestó mamá—. Pero conociendo a tu abuelo, puede ser cualquier cosa.
—¿Es verdad que viene de la Tierra? —pregunté con los ojos abiertos.
—Sí, es verdad. Ya les contará —contestó mamá.
El abuelo no era como cualquier abuelo ni había tenido la vida de cualquier otro abuelo. Nuestro abuelo construía cohetes. Esas máquinas inmensas que viajan al espacio. Máquinas que llevan personas

a lugares impensados y que traen el sabor de los océanos en contenedores gigantes.

Nuestro abuelo había conocido el verdadero poder del Sol y el silencio de la lejanía que inunda un alma cuando se encuentra a miles de años luz de las personas que la aman.

El abuelo era el héroe de la familia. El que había tenido mil vidas diferentes. Aquel que contaba las mejores anécdotas, el que más había vivido de todos nosotros y más lugares había recorrido.

Al igual que todos los almuerzos del día anterior a la navidad, nos quedaríamos sentados en la mesa por horas, charlando, poniéndonos al día y esperando a que llegaran los demás. Los frascos de jugo vacíos, los platos sucios y el aroma a fresas nos mantenían unidos.

La tía Susana, por vez número mil, contaría como fue que conoció al tío Eduardo, mamá hablaría de lo poco que su huerta había crecido y papá se explayaría contando historias de su niñez en la Tierra. Y aunque yo no había nacido allí... había algo de ese lugar que hervía mi sangre.

Pero había un tema del cual a todos les gustaba hablar. Un tema que no podíamos pasar por alto. Algo que se hablaba en toda mesa de cada casa de Nicea. Era el Sol. Un Sol que se apagaba con cada giro que dábamos.

Había escuchado historias acerca de cómo el Sol podía llegar a enrojecer y quemar la piel si uno se exponía demasiado a él. Pero aquí arriba, los veranos estaban en extinción. Desaparecerían como el fuego y las frutillas.

La preocupación crecía año a año. La gran bola de calor que daba vida e impulsaba a crecer los frutos que comíamos por la mañana, perdía su fuerza. Con cada día que pasaba su esencia se desvanecía, imperceptible al ojo humano.

Vivíamos como si nuestro Sol fuera eterno y siempre resplandeciente, pero no lo era. Creíamos que su brillo iluminaria nuestras tardes por los próximos miles de años y especulábamos con la idea de que serían las generaciones futuras las que lidiarían con el problema. Pero no sería así.

Apenas contábamos con algunas décadas para solucionar el contratiempo. La única salvación; volver a enardecer nuestro Sol.

Servido el postre, los adultos hablaban de la misión al Sol. Algunos con seguridad y confianza, otros, como mi papá, creían que era un acto suicida.

Dejamos la mesa con el primo Lucas para volver a nuestro refugio en la casa del árbol donde pasaríamos el resto de la tarde.

Quizás era nuestra edad, o la manera en que nuestros padres intentaban ocultarnos lo que realmente estaba sucediendo. Pero no dábamos mucha importancia al hecho de que el destino de la raza humana se determinaría en los próximos días. Como una misión de salvación, en un intento de rescate, la tripulación del cohete llevaba en sus venas la carga de tener éxito y suficiente antimateria para volar medio universo. Pero si algo llegara a fallar, seria este nuestro último verano.

La polvareda volaba por los aires.

—¡Mira! ¡Ahí viene la tía Raquel! —dijo Lucas mirando hacia el final del camino. El perro comenzó a ladrar.

El anteúltimo de los autos en llegar traía a la familia de mujeres; la tía Raquel, quien nunca hablaba en serio ni tampoco dejaba de bromear, y nuestras primas mellizas, Jazmín y Emma, que pronto estarían jugando a las escondidas con mi hermana Tina.

Los últimos rayos de un Sol agonizante terminarían de propulsar al vehículo geotérmico que acarreaba las risas de la fracción más vivaz y divertida de la familia.

El único ausente hasta el momento era el abuelo Pat.

Descenderían del vehículo cargando los trozos de madera estéril que encenderíamos por la noche para dar vida al fuego que iluminaria nuestras conversaciones luego de la cena navideña.

—¡Ha llegado tu hermana! —gritó papá mientras terminaba de levantar los platos sucios que habían quedado del almuerzo y las copas de vino de la sobremesa.

—¡Raquel! —exclamó mamá mientras recorría los tres escalones que unían la puerta trasera de la cocina con el jardín.

La tía Raquel hizo una broma acerca del Sol, relajando el ambiente y quitando importancia a los hechos. Pero para ella no había nada realmente importante, ningún tema requería seriedad absoluta.

Emma y Jazmín dejaron los troncos de madera a un lado y corrieron dentro de la casa gritando el nombre de mi hermana.

Tal como lo había previsto, en pocas horas, la casa se encontraba rebosante de voces y ruidos familiares, olor a comida casera y la dulce sensación de comprender que no estamos solos, y que sin importar cuan terrible fuera lo que nos pasaba a cada uno en nuestras vidas, por esos instantes, éramos uno.

—¡La cena estará lista en diez minutos! ¡Alex, Lucas! ¡Vengan a saludar a su tía y a sus primas!

Escuchamos la voz de mamá desde la casa del árbol

La luna blanca iluminaba la noche previa a la navidad... y por momentos nos hacía sentir invencibles.

La larga mesa de mantel blanco ahora contaba con diez platos y los vasos de vidrio de colores que únicamente usábamos en el verano.

En un extremo nos sentábamos los niños; mi hermana Tina, las mellizas Emma y Jazmín, Lucas y yo. En el otro extremo, los adultos; mamá, papá, el tío Eduardo, la tía Susana y la tía Raquel.

Esta era mi familia. Mi gente favorita en todo el universo.

Papá alzó su copa y antes de dar comienzo a la cena, dijo unas palabras.

—Una vez más, quiero dar gracias a todos los presentes. Para ustedes —dijo señalando a los niños—, la navidad no es más que una tradición de los adultos. Pero para nosotros, la navidad es mucho más que una simple tradición —papá hizo una breve pausa—. La navidad es nuestra forma de recordar que también fuimos niños y creímos en la magia y en la fantasía. También nos recuerda el lugar del cual venimos y la tierra en la que fuimos criados. Nunca olvidemos que venimos de un planeta lleno de naturaleza y vida —culminó papá y todos alzaron sus copas.

Pero había algo que papá obvió decir en ese brindis. Esta navidad no era como todas las demás. Este año, quedaría marcado como el año de la cruzada espacial más importante desde que habíamos dejado el planeta. Y si bien, los niños pensábamos en el árbol de navidad y en los regalos que recibiríamos, la totalidad de la humanidad estaría en velo, siguiendo ansiosamente paso a paso la misión que culminaría con un estallido en el Sol. El estallido que le devolvería la vida y traería el sabor del verano nuevamente a nuestras mañanas.

Por los próximos días, todas las personas nos sentiríamos frágiles como un Lladró, y desde los individuos más optimistas hasta los más escépticos, todos tendrían su atención puesta en la primera travesía al Sol.

Llegado el año nuevo, los tres cosmonautas enviados al centro del sistema solar, habrían lanzado la bomba de antimateria al Sol.

Pero si algo llegara a fallar, y en el más nefasto de los casos, la misión fuera un fracaso... los cosmonautas jamás regresarían y perderíamos lo más preciado que teníamos; la luz del Sol, teniendo que esperar siglos para una segunda misión, condenándonos a siglos de luz artificial. A eso lo llamábamos el plan B; y otros lo llamaban el fin de la Era Dorada.

II

Una mañana fresca y con los cielos azules abrió mis ojos lentamente. Como si la naturaleza nos estuviera regalando su última porción de Sol y en un acto de generosidad, o quizás de supervivencia, nos diera lo máximo de su ser obsequiándonos un hermoso atardecer.

Abandoné la habitación pasando por la cama que habían puesto en el suelo para mi primo Lucas, caminando con cuidado para no hacer movimientos bruscos ni pisarlo. Me dirigí a la nevera en busca de un vaso de leche de avellanas. El resto de la familia aún permanecía profundamente dormida. El perro movía la cola desde su felpudo favorito.

Miré por la gran ventana del comedor hacia los campos y la verde colina que rodeaba nuestra casa. El rocío convertido en hielo reposaba sobre los pastos de fino metal, ocultándolos al ojo enceguecido. Los frutos listos para caer de los cítricos, quedarían prendidos a sus ramas por unos minutos más, aguardando el instante perfecto en el que el viento amortiguaría la esperada caída.

Salí de la casa por la puerta trasera de la cocina. Bajé los tres escalones de madera con el sabor del viento en la boca. Tomé el pico para recoger frutas, el balde de nogal que usábamos para coger las naranjas, y me dirigí hacia los árboles frutales.

Llené el cubo con cinco grandes naranjas listas para ser degustadas, y dos papayas verdes que servirían para complementar la ensalada que comeríamos más tarde a la hora del almuerzo.

Regresé a la casa con los pies humedecidos y llenos de pasto. Abrí las naranjas a la mitad, les quité las semillas y las exprimí dejando caer su liquido en un gran jarrón de vidrio que luego dejaría en la nevera, listo para cuando se despertaran los demás.

Me dirigí a mi cuarto pasando por el largo pasillo que conduce a las cinco habitaciones de la casa. Volví a la cama pisando al primo Lucas sin darme cuenta. Me tapé con las sábanas hasta la cabeza y cerré los ojos.

Desperté más tarde con los sonidos de mi hermana y las mellizas jugando en las escaleras. Los ruidos de cubiertos de metal, vasos y jarras provenientes de la cocina indicaban que pronto estaría listo el almuerzo.

Odiaba despertarme cerca del mediodía, pero a su vez, tenía un encanto difícil de explicar.

Me pareció escuchar la grave voz del abuelo. Abrí los ojos grandes.

—¡Alex, Lucas! —gritó la tía Susana desde las escaleras de la planta baja—. ¡Levántense de una vez!

—¡Ya vamos, mamá! —contestó el primo Lucas.

—¡Ha llegado el abuelo Pat! —replicó la tía.

—¿El abuelo? —pregunté en voz alta —¡¿Ha llegado?!

Descendimos por las escaleras en un instante. Recorrimos los dieciséis escalones en tan solo dos pasos y llegamos al comedor en un chasquido.

El abuelo nos esperaba. Llevaba su sombrero puesto y una mano en el bolsillo de su vieja chaqueta de cuero negra. Siempre vestía ropa vieja de la Tierra que ya no se usaba en Nicea. Tenía los cabellos más blancos y largos que la última vez que lo habíamos visto y la barba más crecida.

—¡Niños! —exclamó el abuelo mientras corríamos a abrazarlo. Se puso de rodillas y nos abrazó a ambos al mismo tiempo.

—Ven, abuelo. Te mostraré los arreglos que le hice a mi casa del árbol —dije entusiasmado.

Tina y las mellizas revisaban el equipaje del abuelo en busca de regalos.

—¿Qué es lo que has traído, abuelo? —preguntó el primo Lucas.

—Sí, ¿Qué es eso, abuelo? —replicó Tina.

Detrás del abuelo, apoyado sobre la mesa, había un paquete envuelto en papel de manzana.

—Eso que traigo —dijo el abuelo señalando el paquete—, es un regalo de navidad.

—¿Un regalo? —preguntó Emma.

—¿Un regalo para quién, abuelo? —agregó Jazmín.

—Ya lo verán —contestó el abuelo generando aún más intriga de la que ya sentíamos.

—¿Y qué es? —preguntó Lucas.

—Es un regalo que traje de la Tierra. Ya lo verán —concluyó el abuelo con cierto misterio.

El abuelo era de esas personas que viven de acuerdo a otras leyes. De los que evaden la realidad con espontaneidad. Era de los que siempre te sorprenden, te enseñan algo o te hacen olvidar de algo que no vale la pena saber. Por eso cuando el abuelo llegaba a la casa, alegraba la vida de todos.

—Vamos a mi casa del árbol —dije nuevamente.

—Vamos, claro. Muéstrame —respondió el abuelo.

Orgulloso, llevé al abuelo a mi mango favorito. Lucas observó el trayecto desde lo alto de sus hombros.

—Veo que tienes tu propio paraíso aquí, Alex —dijo el abuelo al llegar a la casa del árbol.

Recorrí cada espacio y compartimiento de la casa, mostrándole al abuelo con lujo de detalle todo lo que habíamos construido con papá.

El abuelo se acercó al agujero en el techo que daba ingreso al Sol del mediodía mientras rozaba algunas ramas y hojas verdes en su trayecto.

—Vengan que les contaré una historia.

Nos acercamos al abuelo.

—¿Ven esa estrella gigante? —dijo el abuelo apuntando su dedo índice hacia el Sol.

—¿El Sol? —pregunté.

—Sí, el Sol, Alex. —contestó el abuelo—. Ese mismo Sol era el que iluminaba mis tardes cuando yo tenía su edad y llegaba del colegio.

—¿En la Tierra, abuelo? —preguntó Lucas.

—Sí. Cuando el Sol era fuerte y enérgico. Bastaba con salir de la casa a las dos o tres de la tarde para sentirse agobiado. Apenas se podía ver a puro ojo, y si pasabas más de unos segundos mirándolo, se te cerraban los párpados y, por unos segundos, te quedaba una pequeña mancha negra desvaneciente en el ojo.

—¿Qué fue lo que pasó, abuelo? —preguntó mi primo.

—Lo que pasa con todas las cosas, Lucas. El tiempo —dijo el abuelo—. Científicos, astrónomos y físicos de todo el planeta Tierra pusieron su atención en él. Más de cien años han pasado para que pudiéramos encontrar un remedio, una cura. Un último intento por evitar que siga perdiendo su fuerza.

—¿Qué pasará cuando se apague por completo? —pregunté.

—Eso no puede suceder jamás —contestó el abuelo firme—. Significaría la muerte de todas las razas. Tanto aquí como en la Tierra. Todos los animales e insectos que habitan el sistema solar perecerían. Si eso llegara a suceder todo lo que conoces con vida habrá muerto, Alex. Todo el esfuerzo de los humanos por preservar lo más ínfimo de vida, habrá sido en vano.

Se hizo una pausa.

—Ahora solo nos queda la esperanza — declaró el abuelo con los ojos algo entristecidos—. No podemos hacer más que cruzar los dedos por la misión y desearles suerte a los hombres y mujeres valientes que se lanzan al espacio de forma heroica... sin certeza alguna de volver a sus hogares; o incluso en la incertidumbre de que fueran a tener éxito —dijo el abuelo mirando al gigante sobre nuestros hombros.

—Si yo fuera joven, no tengan duda de que estaría a bordo de esa nave —dijo el abuelo orgulloso... casi nostálgico.

El mismo Sol que quemaba los campos y enrojecía la piel en la Tierra hace apenas unas décadas, comenzaba a ocultarse en el horizonte.

III

Una de las tantas anécdotas del abuelo en la Tierra, contaba que cuando era tan solo un niño, al acercarse el mes de diciembre, sus padres salían a caminar por la nieve todas las mañanas en busca de un pino recién caído para entrarlo a la casa y llenarlo de luces y decorados de colores. Tenían la costumbre de poner regalos en la base del árbol para que los abrieran llegada la Noche Buena. Por la noche, con el verdadero rocío sobre sus hombros y el aroma del más puro barro, arribarían los familiares con más regalos. La celebración se extendía hasta la medianoche, momento en el cual todos los adultos llevaban a los niños fuera de la casa para señalar la estela de un trineo que solo existía en sus más presuntuosas y maníacas fantasías.

Y sucede que cuando eres un niño y te muestran la magia en la palma de una mano, jamás dejas de creer, sin importar la edad que lleven los pliegues de tu piel.

Supongo que de alguna forma el abuelo nunca pudo olvidarse de ese matiz que trae la más imaginaria de las celebraciones terrenales; la Navidad.

Era por esta razón que mi padre y el tío Eduardo habían festejado todas y cada una de ellas, aun cuando a los dos se les había negado la posibilidad de crecer en su planeta, habiéndoselos desterrado de su mundo antes de nacer.

Y hoy, el resultado de décadas de tradición, se hacía palpable en nuestra casa, sirviendo como aposento del vetusto festejo.

Múltiples ensaladas fueron el centro de un almuerzo liviano que daría paso a una siesta de verano con las cortinas abiertas y el sonido de campanillas colgantes. Luego de que nos encomendaran a los niños la tarea de limpiar y secar cada vaso y plato sucio, los adultos se dirigieron a sus cuartos oscuros a reposar y cerrar los ojos por un tiempo. A envolverse con el viento que suspiraba silencioso. a nublar la mente y quitarle todas sus preguntas

El abuelo optó por quedarse despierto leyendo un libro en la sala. Y seguramente, cuidarnos sin que lo notáramos.

La sala de living tenía un aura especial. Quizás eran sus pisos de madera crujientes o los decorados antiguos terrestres los que le daban su calidez.

También podía ser por las bellas pinturas en las paredes y las fotos familiares en todas las repisas... pero definitivamente había algo que transformaba los aires en depurada energía.

El ingenuo Sol avanzaba desde el techo de la casa hasta los escalones de la puerta de la cocina mientras el abuelo dormitaba con su libro en la mano y los cinco niños nos alistábamos sin hacer ruido para ir caminando hasta el lago. Aprovecharíamos la distracción y el hecho de que todos los adultos estuvieran dormidos para vivir unas horas sin ser vigilados.

Tina y las mellizas tomaron las galletas de chocolate del frasco de vidrio que mamá había escondido en la alacena del pasillo y algunos caramelos que había traído la tía Susana para colocar en las botas que adornaban la hoguera. El primo Lucas y yo fuimos por los binoculares que el tío Eduardo me había regalado la navidad pasada y el balde de madera para recoger frutos y tener una excusa por nuestra ausencia cuando hayamos vuelto.

Nos reunimos los cinco primos en la cocina y por último cargamos una botella de agua de la canilla con hielo de la vieja nevera que olvidaríamos en la mesada del comedor antes de salir.

La parte más difícil de abandonar la casa sin que nadie se percatara, era abrir y cerrar la puerta de alambre del pasillo trasero. Papá había olvidado poner aceite a sus bisagras y cada vez que alguien abría y cerraba, el chillido de óxido metálico se escuchaba incluso en la segunda planta.

Salimos uno a uno por la ventana de la cocina para evitar la ruidosa puerta y despertar a todos los que dormían la cálida siesta. Primero pasó mi hermana Tina, luego las mellizas y yo por detrás. Lucas fue el último en salir y antes de hacerlo aventó la mochila con todo lo que llevábamos, por el pequeño agujero. Cerré la ventana cuidadosamente y antes de que terminara de hacerlo, mi hermana y las mellizas echaron a correr a toda velocidad. Lucas las siguió y por ultimo fui yo el que se abalanzó a correr y a escapar a la libertad eterna de la niñez.

Pero el abuelo nos detuvo a último momento.

—¿A dónde creen que van ustedes? —gritó mientras salía de la casa tan pronto como había cerrado el libro.

Frenamos la apresurada marcha. La sombra del abuelo asomaba tras la colina junto al perro Otto.

—¡Vamos al lago! —gritó mi hermana mientras el abuelo se acercaba a paso lento.

—¿Al lago? ¿Ustedes solos? —preguntó el abuelo.

—¡Si, abuelo! Vamos en busca de frutas para esta noche —dije con el cubo de madera en mi mano.

—Han olvidado su botella de agua —contestó calmo—. La necesitaremos para el camino de regreso —agregó el abuelo haciéndonos saber que vendría con nosotros y se incorporó al grupo haciendo una seña al perro para que regresara a la casa.

Si bien no habíamos podido cumplir nuestro cometido, la compañía del abuelo siempre era agradable y bienvenida.

Pasamos por al lado del viejo buzón de madera plástica que señala: *816*

Caminamos siguiendo el sendero de tierra cubierto de altos pastizales, acompañados del sonido del agua que corría a nuestro lado y de la sensación que invade el cuerpo cuando te encuentras rodeado de naturaleza.

Las plantas de frutillas se situaban a ambos lados del canal de agua dulce, alimentándose sus raíces del más puro oxígeno en todo Nicea, y siendo sus hojas, observadoras de los segundos mejores atardeceres en todo el sistema solar.

Aquellos árboles que no podíamos alcanzar se situaban en la zona Oeste de Nicea, al otro lado del canal del lago *América*, justo en el límite con la zona Sur.

Mi hermana y las mellizas caminaban delante de nosotros a la vista del abuelo. El primo Lucas cargaba uno de los dos cubos de madera que habíamos traído para recolectar los frutos y yo caminaba pegado al abuelo Pat.

—Cuéntanos de nuevo, abuelo. ¿Cómo es la Tierra? —pregunté

—¿Es verdad que vienes de allí? —preguntó mi primo sin dar tiempo a que respondiera.

El abuelo detuvo la marcha y comenzó a contar otra de sus historias.

—Yo tenía tan solo 11 años cuando escuché por primera vez que nos mudaríamos al espacio. Pareciera que ha pasado una eternidad —contestó el abuelo—. Vivíamos en un pueblo cerca de una gran ciudad. Mis padres no podían darse el lujo de comprar una casa en la Tierra. Ya no quedaban espacios para construir y todo era de alguien o estaba ocupado. Pero un día les ofrecieron una casa totalmente gratis fuera de la Tierra. Tu casa, Alex. La casa en la que vives desde que has nacido. ¡Múdese al espacio! ¡Viva en la casa del futuro!, decían los anuncios. Hacían lo que fuera con tal de que te mudaras. Los gobiernos ofrecían todo tipo de beneficios para los que se fueran de la Tierra. Muchos vinieron a Nicea y se apresuraron a construir vidas nuevas aquí arriba.

—¿Y tenías que ir al colegio? —preguntó Tina.

—Por supuesto. Todos los días de la semana. Pero solo había uno y quedaba lejos.

—Pero, ¿cómo es la Tierra, abuelo? No nos has dicho —pregunté.

—¿Qué puedo decirte, Alex? Un planeta enérgico, cálido, electrizante, tierno, sensible, frágil, poderoso... —dijo el abuelo mirando hacia el espacio—. Y sí, es verdad que vengo de allí. Estuve en la Tierra durante los últimos dos años —continuó dirigiéndose a Lucas y luego volteó hacia mí—. Tú vienes de allí. Ustedes vienen de allí.

—Pero, abuelo. Nosotros nacimos en Nicea —contestó Lucas.

—Nunca estuvimos en la Tierra —agregué.

—No siempre es necesario nacer en un lugar para pertenecer a él, ¿saben? Sus padres son tan terrícolas como ustedes —dijo el abuelo tomándonos de los hombros—. Todos nosotros venimos de ese planeta.

—¿Queda alguien allí? —pregunté—. ¿Hay más personas?

—Ya no —respondió pensante el abuelo—. La Tierra ha sido totalmente clausurada.

—¿Nadie puede ir, abuelo? —pregunté.

—Así es, Alex. Por más sarcástico que suene, ningún ser humano tiene permitido poner un pie en el planeta.

—¿Tu tampoco? —preguntó Lucas.

—Solo unos pocos afortunados con licencias especiales podemos... o desafortunados, ¿quién sabe cómo llamarlos? —el abuelo hizo una pausa.

Esperábamos todo el año para que viniera a visitarnos y a contarnos historias y ahora que lo teníamos enfrente, lo escuchábamos con mil ojos.

—El humano es un ser complejo —dijo el abuelo y continuó—. Es difícil juzgarlo siendo objetivo, pero digamos que nuestra especie no siempre se ha comportado como debía. Hemos sido tentados, distraídos, amansados... Tan extrema fue la situación que llegamos a este tipo de medidas. Tuvimos que evolucionar, pensar diferente.

—¿Evolucionar? —pregunté.

—Asumir la culpa, Alex —respondió el abuelo Pat—. No es tarea fácil para una especie entera asumir que debe marcharse, que a lo mejor si desapareciéramos, al planeta le iría mejor... Pero llegamos a la conclusión de que así seria e hicimos lo necesario. Planeamos una vida fuera del planeta con el propósito de que algún día, alguna comunidad pudiera volver a un planeta sano. Cien, quinientos, mil años... esperaremos lo que sea necesario.

—¿Cuándo iremos a ver la Tierra, abuelo? —pregunté.

—Si quieren los llevaré a todos a la zona Oeste de Nicea en unos días a visitar el observatorio. La Tierra se alineará con el Sol, Júpiter y Saturno pasada la navidad. Será un espectáculo hermoso.

El verde paisaje se veía salpicado de pequeños puntos rojos, grandes como una uva.

—¡Oigan niñas! Traigan ese cubo —declaró el abuelo.

Mi hermana Tina corrió hacia el abuelo con el cubo de madera balanceándose en su mano y lo apoyó en la base de un árbol frutal.

Trepé a los hombros del abuelo y comencé a tomar los frutos con ambas manos, a arrancarlos con delicadeza para no quebrar las delgadas ramas. En pocos minutos llenamos los baldes de frutillas frescas. Aún llevo el aroma del cubo lleno en mis manos.

Nota: Cuando tienes trece años cada tarde es una tarde más y el eterno tiempo parece no avanzar.

Llegamos al lago trayendo el aroma de fresa y tierra seca a rastras. El agua brillante nos recordó que estábamos vivos pero no éramos libres realmente sino que soñábamos con la libertad.

Nos acercamos a la orilla.

Lo que teníamos en frente, no era más que una parte del océano que los humanos habíamos robado décadas atrás; el espejo de un oasis.

Tina y las mellizas comenzaron a jugar con los reflejos de sus caras en el lago.

—Hay algo en el agua que nos genera calma, ¿no es así? —Preguntó el abuelo comenzando a dar una lección—. ¿Será que de ella venimos y de ella estamos hechos? ¿Será que sin ella no podemos vivir?

El abuelo se puso de rodillas.

—¿O será que nos recuerda al momento en el que vivíamos en el vientre de nuestra madre?

Mi hermana y los primos miraban atentamente al abuelo sin decir una sola palabra.

—Sabe a libertad... —dijo el abuelo en voz baja luego de tomar con su mano algo de agua que llevaría a su boca—. Todos ustedes, en la piel llevan el mar, los otoños y los atardeceres, sin saberlo. Sin haberlos conocido jamás. Lo pueden sentir en sus cuerpos; en sus venas, en sus cartílagos y sus frágiles huesos —dijo el abuelo y continuó hablando—. Cuando los engranajes fallan por unos segundos y sienten el pesado viento en sus poros, entonces recuerdan que vienen de un lugar muy lejano. Que no fueron criados para vivir sin un cielo, sin la frescura de las lluvias. Su cerebro lo niega, su mente lo calla, su corazón lo sospecha, pero su alma lo sabe. Cuando se despiertan en las mañanas y se sienten mareados, exhaustos, fuera de eje... entonces saben que son seres humanos, que son seres de la Tierra, y que han nacido para morir.

Las primeras estrellas comenzaban a verse en el cielo.

Nos sentamos los seis en el extremo de la orilla con los pies sumergidos hasta el talón.

El abuelo comía del cubo de frutillas y tiraba las pequeñas semillas con fuerza a los pastizales.

—Un arbusto —tiraba otra frutilla—. Otro arbusto.

—¿Qué haces, abuelo? —preguntó Tina.

El abuelo arrojó otra frutilla con toda la fuerza de su brazo.

Las semillas tocaron el suelo húmedo.

—Otro arbusto —dijo y miró a Tina—. ¿Qué es lo que parece? Estoy plantando frutillas. Cuando sus padres eran niños, estos campos estaban plagados de árboles frutales. La tierra fértil y el gran poder del Sol crecían incontable cantidad de frutos. Y no bastaba con traer dos o tres cubos de madera, ¡sino diez!... Pero hoy, los rayos del Sol apenas tienen la fuerza necesaria para regalarnos esta comida. Por esa razón arrojo las semillas. Porque tengo la ilusión, de que en unos años, estos campos sean puros frutos en los suelos... Si ese maldito Sol no se apaga, claro.

—Abuelo —dijo Lucas.

—¿Qué sucede, Lucas?

—Tengo una pregunta.

—Dime, pues.

—Es acerca de lo que pasará esta noche —dijo Lucas—. ¿Si la misión fracasa, el Sol se apagará?

—¿Nos quedaremos sin Sol? —largó mi hermana Tina.

—Verán, es un poco más complejo. Y aunque sean niños y no puedan comprender lo que sucede en su totalidad, les diré la verdad —dijo el abuelo mirándonos a todos—. Si la misión llegara a fracasar, el Sol se apagará por completo en los próximos siglos. Sería la muerte de todas las razas y la devastación de cada uno de los reinos del imperio del Sol. Las hojas se pondrían marrones y los árboles dejarían de crecer con facilidad. Las aguas comenzarían a congelarse poco a poco y finalmente el oxígeno y el nitrógeno se condensarían a tal punto que se generaría un vacío total. En la Tierra no será muy diferente. Todo lo que hemos cuidado por años, morirá. La geografía cambiaria en su totalidad. Las condiciones físicas humanas ya no serían suficientes. Para evitar esto, deberíamos encerrarnos en nuestras casas y vivir una vida hermética. Racionalizaríamos la antimateria almacenada para conservar los sistemas básicos del funcionamiento de todo Nicea—dijo el abuelo e hizo un silencio—. Pero nada de eso sucederá. Pocos lo saben pero si la misión llegara a fallar, y digo *si*, porque realmente no sabemos que es lo que pueda llegar a suceder en los próximos meses, pero *si* la misión no tuviera éxito y el Sol siguiera apagándose, no restaría otra alternativa que construir un sol mecánico. Totalmente artificial. No sería tan fácil como lo fue con la Luna, ya que tendríamos que generar una energía semejante capaz de dar vida. Llevaría décadas pero no tendríamos alternativa. Nunca sería lo mismo... pero al menos conservaríamos las vidas de todos.

—¿Un sol de mentira? —preguntó mi hermana Tina decepcionada.

—Un sol de mentira —contestó el abuelo.

El luminiscente horizonte escondía la casi perfecta alineación entre Júpiter, Saturno, la Tierra y el Sol.

IV

La monomaniaca misión al Sol alimentaría nuestras almas y reviviría nuestra templanza. Los tripulantes viajarían por meses hasta el centro del sistema solar, pasando antes por la base espacial ubicada en la atmósfera de Mercurio con un solo objetivo; revivir una estrella.

Los espectadores; nosotros. Las madres, los padres, los hermanos y las hermanas de todos. Impotentes. A la espera de un milagro.

El secreto; siete miligramos de la más pura antimateria en forma de proyectil. Doscientos años de fabricación irreplicables.

Lo protagonistas; tres valientes seres y una máquina biológica que viajarían al primer planeta dispuestos a dar sus vidas, a enfrentar la muerte y el calor, a ver sus pieles derretirse... por una idea.

Y, esta misma noche, en tan solo minutos, veríamos el cohete con nuestros propios ojos elevarse a la distancia en miras de un mejor futuro.

Y no podíamos hacer más que desearles suerte en su odisea.

La larga mesa de manteles blancos, que ya contaba con once platos, reunía una vez más a todos esos rostros que lo hacían a uno sentirse protegido, amado.

Perfectísimos círculos de luces de colores iluminaban la noche de media luna. Decoraciones navideñas en los techos y el gigantesco árbol dentro de la casa conmemoraban la más colorida de las celebraciones de una era perdida. Como un instante robado al pasado, revivíamos una tradición infantil.

El abuelo se levantó de su silla en la cabecera de la mesa al aire libre.

—Brindaremos por los héroes que integran la misión. Por Gripp, por Baker, por Adams y por el ser no humano que con ellos viaja. Brindaremos para que todo les salga bien, para que tengan la fuerza necesaria para enfrentar lo más oscuro de una era espacial... y para que en algún tiempo, el Sol se vea tan ardiente como un diamante —dijo el abuelo para dar comienzo a la cena navideña.

Todos alzaron sus copas y brindaron mirándose a los ojos.

—¿Hasta cuándo te quedarás, papá? —preguntó el tío Eduardo.

—Asistiré a la fiesta de fin de año en el Palacio Gan De el próximo sábado y luego dejaré Nicea.

—¿A dónde irás esta vez, abuelo? —preguntó Lucas.

—Se imaginarán que no puedo andar revelando cierta información... —aclaró el abuelo—. Pero les prometo que volveré para la próxima navidad.

El abuelo era de esas personas enigmáticas con una parte de su vida oculta. Era de los que nunca se quedan en el mismo lugar por un largo periodo de tiempo. Quizás era de la rutina de lo que escapaba, o del compromiso. Pero nunca se quedaba más que unos días y nunca sabíamos hacia dónde iba o de dónde venía.

—Los niños dijeron que has traído un regalo de la Tierra, Pat —dijo Raquel

—¿Un regalo de la Tierra? —preguntó mamá.

—Así es —contestó el abuelo.

—¿De qué se trata? —preguntó la tía Susana.

—Un regalo de la Tierra, ¿Para quién? —Preguntó papá—. ¿Será uno de esos nuevos sistemas inteligentes que regulan el aire y el clima? ¿Cómo es que los llaman?

—¿Un *sensoclima*? —Preguntó la tía Susana—. ¿Eso has traído de regalo? ¿Y quién te ha dicho que necesitamos uno?

—Nada de eso. Es un regalo para todos nosotros —contestó el abuelo riendo.

—¿Para todos? —preguntó la tía Raquel.

—Claro. Como les digo. Es para todos —repitió el abuelo—. Para los niños, para los adultos, para los que nacieron aquí, para los que nacimos en la Tierra, para los que creen en la misión, para los que no creen también. Para los que sueñan con volver algún día a su planeta y para los que ya se han acostumbrado a este lugar.

—¡Ya dinos qué es de una vez, papá! —largó el tío Eduardo.

—¡Sí, abuelo! ¿Qué nos has traído? —preguntó Lucas

—Está bien, está bien. Los regalos no deberían abrirse hasta antes de la medianoche, pero dado que esta Navidad es algo inusual... iré a buscarlo —dijo el abuelo y entró en la casa.

—¿Alguien imagina o tiene alguna idea de lo que pueda llegar a ser? —preguntó papá a la mesa entera.

—Nunca se sabe con tu padre —replicó la tía Susana.

—Mientras que no sea una de esas mascotas de mentira... —dijo mamá.

Papá apoyó las bandejas de comida en el centro de la mesa.

—No creo que sea tan mala idea tener una —dijo el tío Eduardo—. No tienes que alimentarla, no sufres cuando muere y si te cansas de ella, llamas a la compañía y la vienen a buscar.

El abuelo salió de la casa sosteniendo el paquete envuelto en papel de manzana, encintado con un gran moño rojo.

—¿Es una roca? —preguntó Tina.

—¿Un trozo de madera, verdad, abuelo? —preguntó Lucas.

—¿Una semilla? —pregunté entusiasmado—. ¿Has traído una semilla de Ombú?

El abuelo no contestó una palabra. Apoyó la caja en uno de los extremo de la mesa y la señalo antes de comenzar a hablar.

—Esto que tengo aquí es más que un mero regalo de navidad. Es un símbolo. Y por sobre todo, una vida. —Tal como dijo Alex, es solo una semilla. El comienzo de todo —dijo el abuelo luego de echarme una mirada—. Un fruto simple y seco cuyas pequeñas raíces brotarían en la última ciudad del mundo. Acariciado por el agua de la verdadera lluvia y mimado por el poder del Sol.

El abuelo tiró de una de las cintas del moño rojo y todos los lados de la caja cayeron hacia los costados dejando a la vista el enigmático regalo; una planta girasol cubierta por un globo de cristal.

Las mellizas y mi hermana Tina se acercaron al regalo.

—¡Alto, alto, niñas! Deben acercarse con mucho cuidado —dijo el abuelo cauteloso—. Tengan cuidado con el cristal.

—¿Qué es eso, abuelo? —pregunté.

Los tíos y mis padres observaban la planta y la cúpula con curiosidad.

—Esto es un girasol. Una de las tantas plantas que crecen en la Tierra con facilidad.

—¿Por qué está cubierta, abuelo? —preguntó Tina.

—Eso es lo que los físicos llamamos, una cápsula de *Eternalismo*.

—¿Una capsula de qué? —preguntó la tía Susana.

—Dentro de este cristal el tiempo no transcurre, permanece estático. Verán... la planta no hubiera sobrevivido el viaje de otra forma.

—¿Para qué sirve, abuelo? —pregunté.

—Una vez cubierta por el domo, la planta es inmortal. Para el girasol, desde el momento en que lo puse ahí dentro, las horas no han pasado.

Los amarillos pétalos de su flor presumían inmóviles.

—Podrían pasar décadas, incluso siglos, y su flor permanecería igual de amarilla que hoy —continuó diciendo el abuelo.

—¿Se lo quitarás? —preguntó mi hermana.

—Ahora mismo lo haré si tú quieres. Frente a todos ustedes. Podría quitar el cristal y devolverle el regalo del tiempo a su vida —exclamó el abuelo—. Pero no, no lo pienso hacer

Me acerqué junto al primo Lucas. Nunca antes habíamos visto una planta de la Tierra y, si bien habíamos escuchado acerca de los girasoles, jamás creímos ver uno de cerca.

—¿Por qué has elegido esto como regalo para todos nosotros? —preguntó el tío Eduardo.

—Esta noche veremos despegar el cohete que devolverá a los aires el calor del Sol. ¡Y Dios sabe que soy un hombre optimista! Pero si algo llegara a salir mal... entonces la planta permanecerá a resguardo.

—¿Por cuánto tiempo, abuelo? —preguntó Lucas.

—Hasta que comience el nuevo verano y con él venga una ráfaga de calor que derrita la nieve de los Alpes... O hasta que las frutillas caigan en centenares de los verdes arbustos. Hasta ese entonces, debajo de esta cúpula no pasarán los minutos ni los segundos.

El abuelo se hizo a un lado y toda la familia se acercó a contemplar el enigmático regalo.

Resulta curioso observar algo que está vivo pero a la vez inanimado. Casi congelado en el tiempo, el girasol existía sin existir. Como un gran truco de magia en forma de suvenir, este girasol recibía una segunda oportunidad. Habitaría un espacio en donde se desobedecían las leyes de la física y el tiempo era chamuscado y retorcido con fervor.

Por órdenes del abuelo, la planta quedaría mirando hacia el este. A la espera. Subsistiendo inalterable hasta que un rayo de calor quiebre su cristal; o hasta que la eternidad pase de largo.

Durante el resto de la cena navideña no se habló de otra cosa que no fuera la misión al Sol y el cohete que levantaría vuelo en pocas horas, justo antes de que se asomara media Luna, se hicieran las doce y abriéramos nuestros regalos.

Sobre el mantel de la larga mesa colocarían una ensalada de quínoa con calabaza y tomates asados, preparada por las manos de la tía Raquel, tres canastas de falafel y albahaca, la especialidad del tío Eduardo, una fuente con una redonda tarta de espinaca hecha por mi mamá, y de plato principal, comeríamos hamburguesas de zanahoria, garbanzos y lentejas. Por lo general se pasarían horas pelando verduras, cortando, hirviendo y horneando... y en tan solo unos minutos la comida habría desaparecido.

—¿Saben una cosa? —Preguntó la tía Raquel—. No creo que sea tan malo si el Sol llegara a apagarse... al menos ya no tendría que peinarme por las mañanas ni ir a trabajar.

La mesa entera rio.

—Y podré usar todas esas prendas de ropa vieja con agujeros y manchas...

—¡Claro! Hay que ver el lado positivo, también, ¿no es así? —dijo mamá luego de largar una carcajada.

Por suerte aún teníamos el humor para distraernos. Y son pocas las personas que saben sonreír en los momentos malos. Y la tía Raquel era una de ellas. De las que saben condimentar cualquier situación con una broma. De las que pueden hablar por una hora en una reunión haciendo reír a todos... con el solo afán de alejar los malos pensamientos y distanciar a los reidores de su realidad, aunque sea por un tiempo.

Quizás era el mismo vacío existencial de haber nacido sin un propósito, el que la obligaba a no tomarse nada en serio.

Por último recuerdo que la tía solía decir una frase que nunca logré entender en su totalidad. Ella siempre decía: los problemas se lavan con jabón.

Al final del banquete se apoyaban los quebrachos que usaríamos para dar vida al fuego que alumbraría nuestros rostros y brindaría calor a una noche que quedaría plasmada en los libros de historia espacial.

Como todas las navidades, luego de terminar de comer el postre, los niños levantaríamos la mesa y lavaríamos los platos y las copas con jabón líquido de avena y miel. Mientras tanto el abuelo, la tía Raquel y el tío Eduardo armarían la gran fogata que nos invitaría a formar parte del círculo familiar.

V

El centro ardiente del Sol aguardaba la inaudita llegada del aparato metálico; como un cometa salvador que viaja a la velocidad del fuego.

La suma del coraje de toda nuestra especie mostraba su fragilidad.

Sentamos nuestros cuerpos pesados en el suelo con las piernas cruzadas y la mirada hacia los lejanos diamantes en el cielo. Entre todos formábamos un semicírculo alrededor del abuelo mientras colocaba los últimos trozos de madera en forma de pirámide para dar respiro a las vivaces llamas.

Siempre pensé que el fuego era algo mágico. Como si un hechicero vertiera una pócima y de la nada, una energía sumamente poderosa naciera súbitamente.

No fue hasta el momento en que las llamas alcanzaron la altura de la cabeza del abuelo, en que nos dirigió la palabra y comenzó a dar su discurso nocturno.

—Gracias, gracias, gracias. Gracias gran espíritu, madre, padre, creador de todo lo que existe. Hoy estamos reunidos para rendir homenaje a la estrella que ha dado forma y vida a todo lo que conocemos —dijo el abuelo e hizo un silencio. Nos echó una mirada y continuó hablando—. Nunca he sido un hombre de fe, y si tuviera que hablar de un Dios, no sabría qué decirles, ni de cuál de todos hablar. Nunca he creído en las historias de la Tora, la Biblia, o cualquier otro de los libros de religión terrestre. Pero existe un Dios común que nos acompaña de cerca y en la rutina diaria pasa completamente desapercibido. Un Dios que perdona todos los pecados y no impone castigos. Un Dios que ha estado a plena vista de todos nosotros desde los comienzos de la vida. Un Dios brillante y poderoso... Les estoy hablando del Sol.

Permanecimos en silencio, escuchando, una vez más, el cautivante relato del abuelo.

—Puedo decirles que jamás he visto a un Dios a los ojos... —el abuelo hizo una pausa—. Y no creo en las casualidades. ¿Acaso ustedes han sido capaces alguna vez de mirar al Sol fijamente? Les aseguro que no podrán hacerlo por más de tres segundos sin herirse la vista... y esa es la pura cualidad de un Dios verdadero.

La ansiada fogata respiraba y serpenteaba como una sustancia contenida en un frasco de vidrio que intenta escapar para no morir sofocada.

La familia entera ponía atención a las palabras del abuelo sin interrumpir ni producir un solo sonido.

—Sé que algunos de nosotros somos más escépticos y otros más optimistas, pero tengo algo que decirles. No importa realmente el resultado que tenga la misión del cohete —dijo el abuelo con seguridad—. Sin importar qué pase a las mujeres y hombres ahí dentro, el girasol seguirá brillando amarillo, la comida seguirá creciendo en nuestros suelos y desde la ventana de la casa del árbol, se verá la luna entre las copas de los árboles. Nosotros, esta familia, todos lo que estamos aquí presentes, solo somos unas de las tantas generaciones que aportará su grano de arena a la solución de un problema mayor. Tenemos la confianza y la sabiduría necesaria para entender que somos solo una parte de la evolución del universo —dijo el abuelo mientras miraba el fuego fijamente—. Quizás no sea hasta dentro de cien o doscientos años cuando el ser humano vuelva a ver la luz del Sol... y quizás falten otros trescientos o quinientos años para que nuestra raza pueda volver a su planeta... a nadar en los océanos, a sentir el verdadero viento y a subir hasta la cima de cualquier montaña para conquistar el mundo nuevamente... pero ahora nos toca estar aquí y asumir la responsabilidad como especie, sin esperar un resultado alguno, entregados a la fe del destino. A la fe del Sol —concluyó el abuelo mirando hacia el cielo oscuro de la noche.

Durante un largo rato nadie emitió un sonido ni dijo una palabra. Quizás era porque hasta ese momento no habíamos tenido la sensibilidad ni la fortaleza para afrontar lo que sucedía.

La visita de la familia, la navidad y las tardes de verano nos habían mantenido distraídos; o quizás en el fondo queríamos evadir nuestros pensamientos.

De alguna forma, nos habíamos estado preparando para esta noche durante años. Desde la primera vez que el abuelo señaló el Sol y nos habló del inmenso cohete y la cruzada espacial.

Los viajeros espaciales recorrerían el sistema solar hasta alcanzar el punto máximo de acercamiento al Sol, para lanzar la antimateria en un acto de redención; de ilusión total.

Llegada la medianoche, la familia entera se puso de pie, y tal como lo había indicado el abuelo, dirigimos nuestras miradas hacia el Oeste, a la espera de la pequeña luz que partiría hacia Mercurio.

—Papá, ¿Cuánto tiempo falta? —pregunté.

—No lo sé, hijo —respondió papá con la voz de un niño crecido.

Mamá se acercó junto a Tina y me dio su brazo tembloroso. La tomé fuerte de la mano. Deposité en mis dedos todo el miedo que sentía y mamá lo redujo a un tierno cosquilleo.

Nadie hablaba. Nadie se movía.

El tío Eduardo y la tía Susana abrazaban al primo Lucas. El abuelo rodeó con sus brazos a la tía Raquel y a las mellizas. Hasta el perro permanecía en suspenso y con la mirada inmóvil.

En todos los hogares de Nicea, las familias enteras estaban reunidas esperando el gran suceso; cantando victoria prematuramente y descartando por completo la absurda idea de vivir bajo la luz de un sol mecánico; entonando himnos de alegría e idolatrando a los tres apellidos que quedarían inmortalizados en la tragediosa hazaña.

El momento en que la humanidad renovaría su fe y salvaría a su Sol había llegado.

El tiempo se detuvo en Nicea. Las estrellas dejaron de parpadear, el rocío de la noche se petrificó y el movimiento de los pastos en los campos de frutillas se congeló.

Un millón de explosiones en forma de rayo iluminaron la ciudad entera. Y por unos segundos reinó la mudez.

La bola de fuego a la distancia expulsó una nave metálica con forma de alfiler que llevaría la promesa de una raza al espacio. Y como meros circunstantes, sentiríamos una legítima esperanza, escapar tras la línea de humo que dejaba atrás un acrisolado mundo.

LOS JARDINES DE LA GALAXIA

I

Ante todo, teníamos una ciudad y un Sol.

Un corazón y un planeta.

Una misión con final trágico, otra misión que traería el calor de mil veranos.

Pero nada de todo eso importaba para mí; un alma viajante camino al Sol.

La temperatura era suficiente para derretir el plomo, arrugarlo como papel y hacerlo desaparecer como ceniza.

Los metales disparaban balas y ardían con cada partícula de destino que golpeaba la nave; una nave que llevaba esperanza en sus finas venas. Que había sido fabricada y desenterrada del hielo y los climas fríos que gobernaban la congelada ciudad de Nicea. Un alfiler de bronce que brillaba en la total oscuridad, eso era. El mesías, el nuevo Prometeo; un ataúd forrado en oro.

La Capitana Wester alzó la mirada, cansada de tanto viajar.

Cuatrocientos veinte alegóricos días de camino oscuro y vacilación.

—¿Temperatura exterior? —preguntó.

—Quinientos grados centígrados —contestó la Teniente Anderson mientras las estrellas se alejaban y el Sol se hacía cada vez más y más grande.

—Cuatrocientos noventa y ocho —aclaró Lodeville.

—Pónganse sus trajes. En unos minutos rozaremos la atmosfera de Mercurio —concluyó la Capitana mientras nos desplazábamos velozmente por la galaxia.

—A sus órdenes —contesté.

Un haz de destino soslayó la nave.

El planeta metálico recibía la frenética ilusión de todo ente vivo; cuatro falibles humanos.

—Lo primero que deben saber de Mercurio es que su cielo no es azul durante el día... es totalmente oscuro —dije mientras la nave atravesaba la turbulencia con la mirada en el primero de los planetas de nuestro sistema solar—. Pueden haber leído cientos de libros de geografía planetaria o estudiado los suelos por décadas... Incluso puede que sean fanáticos de obras de ciencia ficción y viajes espaciales, pero eso no los privará de una gran sorpresa. Quizás crean saber todo lo que hay que saber acerca de este astro, de los vientos solares, las cuevas térmicas y las tormentas de electro piedras... pues olvídenlo todo.

—¿Qué quieres decir, Wilkins? —preguntó Lodeville.

—Es necesario que piensen como niños que se aventuran a entrar en un juego altamente peligroso cuyas reglas desconocemos por completo —dije.

—Suena como un lugar al que iría de vacaciones con la familia —dijo Lodeville.

—¿Intentas asustarnos, Wilkins? —preguntó la Teniente Anderson.

—Ollas de presión, lluvias de asteroides, temperaturas de menos de cien grados por la noche y más de cuatrocientos centígrados por la tarde —dije subiendo el tono de mi voz—. Un Sol tres veces más grande del que estamos acostumbrados y cuevas tan profundas como un rascacielos. No soy yo el que intenta asustarte, Anderson. Es este maldito planeta.

—¡Ya basta, Wilkins! —Largó la Capitana Wester—. Lo último que necesitamos en este momento es alimentar la paranoia.

—No diga más, Capitana —contesté con una sonrisa y los ojos clavados en la Teniente. Luego callé mis palabras.

La segunda misión al Sol tocaría el suelo de Mercurio en un afán por recuperar el objeto más preciado del tercer milenio; el dispositivo solar que devolvería los veranos a Nicea; y a todos los planetas. Incluida la Tierra. Una porción de antimateria sumamente poderosa en forma de misil. Un hechizo propio de la tecnología y el dulce azar humano, de la ingeniería más compleja y la desesperada necesidad.

Y si bien, a diferencia de los primeros cosmonautas, nosotros contábamos con la ventaja de ser los segundos en intentar la odisea, lo único que sabíamos con certeza de la primera misión era que habían llegado a Mercurio pero nunca llegarían a salir camino al Sol. Nunca lograrían disparar el misil ni regresar a casa victoriosos.

¿Acaso la nave se había estrellado por una imprecisión humana? ¿Un desperfecto mecánico sin precedente evitaría el despegue al Sol? ¿O quizás, simplemente, los tripulantes se habían vuelto locos?

Sabíamos con exactitud la ubicación del cohete... el lugar en el que el objeto de antimateria y los cuerpos sin vida de los tres tripulantes habían permanecido por más de dos siglos.

Tres expediciones tripuladas por máquinas biológicas fueron enviadas a buscar a los mártires y regresar con el objeto, pero fue totalmente inútil, infructuoso. Ninguna nave regresó. Hasta el momento todo era un completo enigma. Quizás esas misiones humanas y no humanas estén detrás de alguna colina Mercuriana, felices y bailando hasta el amanecer todas las noches. ¿Quién lo sabe?

Los niveles de los termómetros saltaban de un lado al otro.

Una nebulosa magnética impidió la vista por unos segundos y luego se disipó.

—¡Allí! —señalé—. Ahí es a donde nos dirigimos —dije alertando a Lodeville que pilotaba la nave. Al menos era lo más cerca que podíamos descender.

Cuando no cuentas con la asistencia de un sistema artificial que analiza todo dato físico y cuántico, que proyecta variables y determina resultados con total eficacia, entonces necesitas un verdadero estudioso de la física y la ingeniería espacial.

Sea por una cuestión filosófica o cuasi religiosa que desconocíamos, los integrantes de esta misión no contaríamos con inteligencia artificial. Si fuéramos a salvar al Sol, esta vez lo haríamos como una especie animal, lidiando con nuestros latidos de corazón y ojos que se resecan.

Hallándose Nicea cubierta de hielo y fina escarcha, seriamos nosotros, el último de los intentos. Gobernada por una oscuridad que penetraba las esquinas, las huertas y los hogares, los colegios y los campos de frutas desaparecidos. Azolada por la falta de energía y el frio. Una ciudad casi muerta en la superficie que le reza al único dios que conoce, el Sol.

Utilizaríamos la producción total de energía de los últimos dos siglos para viajar hasta Mercurio.

Los cuatro integrantes de la misión, tendríamos que descender en el planeta brillante, atravesar la montaña, enfrentar los fuertes vientos acalorados y apoderarnos nuevamente del dispositivo de antimateria para volar al Sol como arcángeles del nuevo milenio y devolverle la existencia.

La nave descendió como una pluma en los valles de las montañas Mercurianas.

—Tan solo contamos con 17 horas para ir por el misil—aclaró Anderson.

—Nuestra prioridad es recuperar la antimateria y traerla de regreso al cohete. Los cuerpos de Baker, Adams y Gripp son secundarios —dijo la Capitana Wester tomándonos de los hombros—. No podemos darnos el lujo de arriesgar nuestras vidas o el futuro de la misión solo por llevarlos de vuelta a casa. Recuerden… el mundo entero tiene sus ojos puestos en nuestra cruzada. No lo echemos a perder—. Wester hizo una pausa y luego abrió las compuertas traseras—. Nos enfrentamos a numerosos peligros. Estén alerta. Aun cuando todo parezca estar bien.

—Tranquila, Wester. ¿Qué es lo peor que puede pasar? ¿Que el Sol nos convierta en ligera ceniza y luego la humanidad tenga que esperar otros doscientos años para fabricar suficiente energía y poder enviar una tercera misión?

Lodeville rio.

—No juegues con la ley de la atracción, Wilkins —dijo la Capitana—. Puede costarnos muy caro.

Se abrieron las puertas del cohete y el fervoroso calor conmocionó los aires. Un agudo sentimiento de ardor corroía todo lo que tocaba.

Descendimos con la idea fija de cumplir nuestro cometido; encontrar el alma perdida de la galaxia, traerla de regreso a la nave y dispararla al Sol.

La teniente Anderson fue quien dio el primer paso, pero antes de continuar, volteó y pronunció unas sabias palabras.

—Jamás hemos estado aquí ni pisado estos suelos. No conocemos este lugar. No conocemos su historia. Caminemos los valles y senderos con respeto y con cautela y el universo cuidará de nosotros así como nosotros cuidamos de él.

Descendimos de la nave. Golpeados por una temperatura infernal.

Liderados por una gravedad foraña, emprendimos el corto pero desafiante trayecto hacia el cohete destrozado. Un camino filoso, un latigazo en la cara. Una temperatura extrema, de la cual nadie quería hablar ni mencionar para no alertar al resto.

Un calor de mil dioses ahuyentaba los miedos, caía en la espalda como un yunque de un millón de toneladas, arrugaba la piel y quemaba los pigmentos con cada rayo de Sol que descendía de forma asesina.

—¿Nivel de oxígeno, Wilkins? —preguntó

Anderson.

—Noventa y siete por ciento —contesté.

—¿Capitana? —preguntó Anderson.

—Noventa y ocho. Más del doble de lo que necesitamos —contestó Wester.

—¿Lodeville?

—Noventa y ocho —contestó el piloto.

—Debería ser suficiente —agregó la Teniente Anderson.

Como toda buena líder, Wester caminaba al frente, indicándonos exactamente por donde debíamos pisar y por donde no. El más mínimo paso en falso podría ponernos a los cuatro bajo tierra, incluso despedirnos y hacernos volar por los aires sin forma de regresar. Pero ninguno quería morir así. Porque eso no es morir sino dejar de existir.

Cada unas cuantas pisadas, Wester se detendría, miraría lo suelos y analizaría por donde seguir. Pero a veces, la duda invadiría su mente y, como una madre dispuesta a dar la vida por la de sus hijos, jugaría con el azar y daría un paso cruzando los dedos.

Bombardeados por los fuertes vientos solares y una delgada garúa solar, el destino parecía inalcanzable. Nuestros pulcros trajes, en tan solo minutos, parecían tener años de feroz uso. Cortes, rajaduras y marcas de suciedad de los pies a la cabeza.

—¿No deberíamos ver la cúpula del cohete al menos? —preguntó Anderson.

—Tendremos visualización del objetivo en unos dos kilómetros —dijo la Capitana en un intento por calmar nuestras ansias—. No debemos bajar el ritmo.

—Se verá al Este una vez que hayamos recorrido el valle —aclaró Lodeville.

Las altas cumbres Mercurianas conducían nuestro frágil sendero que parecía estirarse y estirarse. Como una alucinación de caricatura, nuestro Norte se alejaba a medida que avanzábamos.

—Deberíamos hablar lo justo y necesario. Guarden su oxígeno para el camino de regreso —concluyó la Capitana Wester.

—Wester, Wester, Wester... ¿Acaso no has aprendido nada en todo este tiempo viajando por el espacio? —pregunté sarcásticamente.

—¿Ahora qué, Wilkins?

—¿Qué es lo que nos diferencia de los animales? —pregunté.

—¿El instinto? —contesto Wester apresuradamente.

—¿La razón? —preguntó Anderson siguiendo mi juego.

—¿Intentan decirme que los humanos no tenemos instintos? ¿O que los animales no razonan? Respuesta equivocada —contesté.

Miré el indicador de Oxigeno de mi traje; noventa

y cuatro por ciento.

—¿El trabajo en equipo? —dijo Lodeville.

—¿Acaso nunca has visto a un grupo de hormigas construir un hormiguero? ¡Nada de eso! Es otra cosa.

—¿Qué cosa? Preguntó la Capitana.

—El habla, Wester. ¡La lingüística! Toda nuestra maldita evolución se debe nada más que a un punto conectado a otro punto. Un mensaje. ¿Qué hay si perdemos dos o tres puntos de oxigeno? Al menos no nos volveremos locos y te aseguro que llegaremos al cohete más cuerdos y más rápido.

—Está bien, Wilkins. Tú ganas —dijo la Capitana—. Si la idea es evitar que te vuelvas loco, entonces puedes hablar, adelante.

Todos reímos.

Salidos de la montaña, una llamarada de vientos nos empapó como una fuerte lluvia de verano.

La teniente ojeó el indicador de la temperatura en su traje; cuatrocientos cincuenta grados de ardor.

Los trajes metálicos inmunes al fuego comenzaban a ceder y nuestra piel se quemaba lentamente sin dolor ni sensación alguna. Antes de embarcar en la misión habíamos consumido una cierta ingesta de químicos para reducir algunos síntomas humanos que podrían o no aparecer. Por lo tanto, creíamos estar preparados, pero la realidad es que nadie está listo para someterse a tales condiciones.

—¿Cuánto creen que falte? —preguntó Anderson.

—Unos siete u ocho kilómetros al menos —contesté.

—Debemos buscar un lugar para refugiarnos —dijo la Capitana—. Esperaremos a que cesen los vientos.

—¡Allí! —dijo la teniente señalando una cueva—. ¡Vamos!

Arrastrados por la brisa de un horno, corrimos a sumergirnos en la fresca cueva.

La tormenta solar echó sobre nuestros hombros toda la ira de un relámpago de fuego. Los suelos de rojas llamaradas derretían las botas metálicas y el humo salía de las pequeñas aberturas de la superficie.

Continuamos corriendo hasta ingresar a la cueva.

Nadie dijo una palabra.

La temperatura disminuyó.

La frecuencia de nuestra respiración también.

—¿Niveles de oxígeno? —preguntó Anderson.

—Setenta y nueve por ciento —dijo la Capitana.

—Setenta y dos —contesté.

—Igual —agregó Lodeville.

Anderson y la Capitana se echaron desplomándose sobre sus rodillas cansadas.

—Debemos descansar —dijo Wester—. Al menos unos minutos.

Aprovechamos el detenimiento para relajar

nuestras fatigadas piernas y alivianar las mentes. Como una flecha que retrocede unos centímetros para luego salir disparada en busca de una pizca de victoria.

—¿Creen que haya sido el calor? —pregunté.

—¿El calor? ¿De qué hablas? —preguntó Lodeville.

—La razón por la cual la primera misión nunca llegó al Sol.

—Estamos cada vez más cerca de saberlo, Wilkins —dijo la Capitana.

—¿Un desperfecto en sus trajes? Tiene que haber sido algo relacionado con estas malditas tormentas.

—¿Qué sentido tiene especular? —preguntó Lodeville.

—Pues, si queremos sobrevivir, no debemos cometer los mismos errores —contesté.

El silencio agobió la cueva.

Intentamos cerrar los ojos por un tiempo pero tal cosa fue imposible.

—¿Qué pasara cuando lleguemos al cincuenta por ciento de nuestro oxigeno? —pregunté.

—¿A qué te refieres? Dijo Anderson.

—Sera nuestro punto de no regreso. Una vez que decidamos seguir adelante, ya no contaremos con el oxígeno necesario para regresar a nuestra nave —dije.

—No lo necesitaremos —dijo Wester con seguridad y continuó hablando—. Cuando llegue el momento no habrá nada que decidir, seguiremos focalizados en nuestra misión. Habrá tanques nuevos en el cohete siniestrado.

—¿Escucharon eso? —preguntó Anderson.

Un agudo zumbido se oyó desde el interior de la cueva. De pronto un inmenso calor subió por nuestras gargantas y se fugó por los dedos de nuestros pies.

—¡Todos afuera! —dijo la Capitana.

—¿Qué sucede? —pregunto la Teniente.

—¡Vamos, vamos, vamos! No hay tiempo! —largó la Capitana a los gritos.

En cuanto nos aventuramos a escapar, como una explosión dentro de un tubo de piedra que dispara balas humanas, un gran estruendo proveniente del interior de la cueva nos expulsó nuevamente a la superficie externa.

Retomé el conocimiento.

Abrí los ojos. La Capitana cargaba a Anderson, cuyo lente de casco se encontraba cubierto de sangre.

—¡¿Dónde está Lodeville?! —pregunté

La cueva ya no existía. No había una entrada ni una salida.

—Quédate sentado por un minuto, Wilkins —dijo la Capitana y echó a Anderson a un costado.

—¿Dónde está Lodeville? —pregunté nuevamente.

—Ya es demasiado tarde, Wilkins. Quédate

donde estas —dijo la Capitana.

—¡Lodeville ha quedado ahí dentro! Tenemos que regresar.

Me puse de pie rápidamente. Tomé una enrome roca y la quité del camino.

—¡Es inútil, Wilkins! Lodeville es hombre muerto —dijo la Capitana Wester tomándome del brazo.

Alcé la vista al cielo negro. Un enorme Sol me recordó el propósito de la misión.

El calor volvía a agobiar nuestras almas. La calma de la cueva había desaparecido. Lodeville... había desaparecido.

—No podemos quedarnos aquí parados, debemos continuar —dijo la Capitana—. ¿Puedes caminar, Anderson?

—Puedo caminar —contestó la Teniente mientras limpiaba la sangre de su visual.

Las montañas Mercurianas se regocijaban ante el infortunio.

Es extraña la forma en la que se comporta el Universo cuando lo que buscas va en contra de todas las leyes, en contra de la física y la lógica. Cuando lo que realmente buscas es resucitar a un Dios muerto.

II

Las plateadas manzanas de la Luna decoraban el paisaje escarchado en la ciudad de Nicea. El pesado frio y la falta de energía arropaban un mundo en el que alguna vez habían crecido los árboles de manzanas y arándanos. Los colores de las frutas habían desaparecido como las tardes de verano. Las hojas no caían de los árboles muertos ni de los días oscuros.

Despojados de nuestro templo, como una especie de seres desterrados, deambulamos de un lado al otro en una ciudad espacial. Hallando nuevas maneras de sobrevivir, buscando nuevas soluciones a viejos problemas, enviando cuatro almas perdidas tras un prodigio impensado.

Las diez mil horas que habíamos pasado encerrados camino a Mercurio, los incontables pasos en los valles de piedra infinita y la total posibilidad de dejar este planeta sin vida comenzaban a acariciar mis pensamientos y convicciones.

Señalado para ocupar un lugar que no creo satisfacer. ¿Cómo fue que un espíritu simple haya sido elegido para devolver la luz a nuestros días, para derretir la nieve y acabar con La Era Helada? ¿A qué ente macabro se le ocurriría depositar la fe entera de una especie en un ser viejo casi adormecido, quebrantado? Porque eso es en lo que te terminas transformando, lo quieras o no.

Cuando te enfrentas a las agujas de un reloj despiadado que está dispuesto a cortar los corazones de las personas que amas, entonces comprendes que hemos nacido enfermos y por esa razón creemos estar sanos.

La fugaz idea de volver a sentirme vivo fue alimentada, en algún punto, por esta misión.

Caminábamos con un solo propósito, recuperar la bomba de antimateria. Habían utilizado la fuerza de mil guerreros para crear un arma, una máquina de verdadera destrucción. Pero en esta ocasión, para sorpresa del universo, la usaríamos para hacer el bien.

"La misión que le devolvería la sangre a las venas del Sol" dijeron en la publicación de la editorial *Planeta Paradiso*. Iríamos tras el tan deseado objeto y lo llevaría al Sol yo mismo si la misión así lo requiriera.

La experimentada Capitana Wester y la joven Teniente Anderson caminaban a mi lado agobiadas.

Ya estaríamos más cerca del cohete, pensé antes de hablar.

—Aquí el Sol sale por el Este, al igual que en la Tierra, pero en un momento del día se detiene y retrocede Luego sigue su camino hacia el Oeste. Y si extiendes tu mano e intentas taparlo como lo hacen en Nicea, verás que es imposible —dije.

La Capitana llevó su mano hacia la frente y luego dijo:

—Es verdad.

Anderson no alzó la vista. La viva sangre roja en su rostro la tenía enmudecida, atornicada.

—Y pensar que este mismo calor jamás llegará a nuestras huertas... queramos o no, se pierde en el camino. Se desvanece —largué.

Un trozo de fuego dejó el Sol, pasó por encima de nosotros a la velocidad de un chasquido y recorrió miles de kilómetros en minutos para llegar a alguna ciudad de Nicea hecho un cadáver.

Nos habíamos acostumbrado a vivir sin energía y sin electricidad de algún tipo. Ya no quedaba nada. Solo el recuerdo de un débil sol mecánico que alimentaba las bocas de quienes hundieran sus manos en la tierra y algunas pocas máquinas biológicas que aún vivían acolchonadas en los laureles de una sociedad privilegiada.

De algún modo, volvíamos a ser realmente humanos. A tener que trabajar para conseguir algo.

A hacerlo casi todo de forma manual. Forzados a entender que por cada acción hay una reacción.

Y despegué hacia el Sol con una visión; era la idea de un hombre pisando la Tierra, regresando su ser a su nido. La idea de un Sol tan fuerte que pueda revivir las frutillas y los girasoles. Que nos dé el tiempo para volver a nuestro planeta... pero todo eso era una pura fantasía de un futuro muy lejano. Un simple *Ojalá*. Primero estaba lo primero, el Sol y Nicea, los humanos, los animales, las máquinas biológicas, a todos ellos debíamos salvar;

De un invierno eterno.

De un hechizo propio de la física.

De una vida bajo la superficie.

De la Era helada.

Las lágrimas que salían de nuestros ojos se evaporaban antes de caer por nuestras mejillas. La respiración de la Teniente era como un reloj de arena con un hueco.

—¿Cuál es tu nivel de oxígeno, Anderson? —preguntó la Capitana.

Anderson miró cuidadosamente el indicador en su brazo izquierdo.

—Cuarenta y dos por ciento —contestó la Teniente—. Ya hemos pasado el punto de no retorno.

—Tenemos que aumentar el ritmo —dije.

El camino de roca infinita por momentos se

desvanecía y reaparecía.

Nos preguntábamos si tal cohete realmente se encontraría allí, si existiría. ¿Qué pasaría si cuando llegáramos al sitio, no hubiera nada? Toda la misión habría sido un completo enigma sin resolver. Y ya no tendríamos oxígeno para regresar. Al menos no todos nosotros.

Caminar se hacía cada vez más difícil. La temperatura era incalculable.

Había algo en la gravedad o el viento solar que desgastaba las partículas de nuestros cuerpos de forma extraña.

La teniente señaló algo a lo lejos.

—¿Qué es eso, Capitana? —preguntó.

—No puedo ver nada —dije.

—Allí. Esas nubes —dijo la teniente.

—¿Qué tienen de extraño? —pregunté.

—Es que se aproximan muy rápido... no es normal.

—Nada es normal aquí, Creo que deberíamos continuar sin perder la atención—dije.

—Será mejor que busquemos un lugar donde esperar a que pasen de largo —dijo Wester —. ¿Ven alguna cueva?

—No hay ningún refugio aquí —dijo Anderson.

—Vamos, sigamos caminando y esperemos a que la tormenta se desvíe.

—Las nubes... —largó Anderson.

—Ya están aquí —dijo Wester—. Es demasiado

tarde.

La lluvia frontal de suave arena que traía el viento solar creaba una cortina de neblina que ofuscaba la vista justo antes de acariciarnos.

—No se preocupen. Nuestros trajes están diseñados para este tipo de condiciones —dije.

Todo se veía rojo y alborotado.

La fuerza de los mismos truenos del Sol nos rozó cortantemente. Silenciosos destellos de electricidad en el aire arrastraron nuestros pies y doblegaron nuestras rodillas; Anderson cayó al suelo.

La Capitana tomó del brazo a la Teniente Anderson y la subió a sus hombros.

—Vamos, Wilkins. Ve tú al frente —dijo la Capitana tomándome del hombro. Debemos seguir adelante.

Caminamos en fila, uno atrás del otro, rompiendo la fuerza de un viento que iluminaba nuestros ojos de incendio y poder.

En ese instante te pierdes en el tiempo y eres capaz de mirar a tu Dios a los ojos. Creas o no en él. Te llenas de valor y coraje y vuelves a ser un niño que llama a llantos a sus padres, que pregunta las cosas más simples de la vida. Y escuchas la respuesta. Y decides ahí mismo que vencerás todos los contratiempos del universo.

Y sales de la tormenta.

Las rojas nubes se alejaron tan rápido como

llegaron.

Recuperamos la visibilidad. También el aliento y la tranquilidad, aunque sea por ese momento.

El cielo se abrió en dos.

—¡Allí! ¿Lo ven? —preguntó la Capitana.

Anderson alzó su vista agotada.

La cúpula del cohete asomaba a lo lejos.

—¡Sí! ¡Puedo verlo! —dijo Anderson con el tono diminuto.

Nuestras tres almas volvieron a nuestros cuerpos fatigados. Nos tomamos un minuto para festejar sin expresarlo demasiado. Miramos el histórico cohete a lo lejos. Era tal cual lo habíamos estudiado solo que estaba desgastado y roto en pedazos. Como un viejo juguete que habían lanzado al aire y dejado caer.

—¿Realmente creen que haya oxígeno en esa nave? —preguntó Anderson.

—Por supuesto que habrá oxígeno en el cohete —contestó la Capitana—. De lo contrario estaríamos muertos. ¿Cómo están sus niveles? —preguntó.

—¿Qué sentido tiene que lo diga? Ya estamos aquí, ¿o no? —largué.

—Siete por ciento —contestó Anderson.

—Cuando entremos a la nave, tú serás el encargado de buscar los tanques de oxígeno, Wilkins —ordenó Wester. Nosotras iremos directamente a buscar el dispositivo de antimateria.

—Lo que usted diga, Capitana —contesté.

—Recuerden lo que les dije, solo estamos aquí para recuperar el explosivo y marcharnos lo más pronto posible —aclaró nuevamente la Capitana Wester mientras arrastrábamos los pies por la gruesa arena y todas las células de nuestros cuerpos luchaban contra la gravedad.

Contados centenares de pasos, con los pies cansados, las manos lastimadas y las rodillas doblegadas, llegamos al viejo e imponente cohete.

Me acerqué a las compuertas.

Introduje el código de acceso que nos habían indicado pero las puertas no se abrieron.

Nada sucedió.

—Alguien desde el interior ha prohibido el ingreso —dijo la Capitana.

—¿Crees que haya alguien vivo ahí dentro? —pregunté.

—Por supuesto que no, Wilkins. Nadie sobreviviría doscientos setenta años encerrado en esta nave.

—¿Una máquina biológica quizás? —dije.

—Con estos niveles de electromagnetismo, imposible. Su fuente de energía se debería haber agotado hace unos cien años —dijo Wester.

—No tiene sentido. ¿Por qué alguien habría de prohibir el ingreso a la nave? —dijo la Teniente.

—Como sea, tendremos que usar los explosivos y volar la compuerta o moriremos asfixiados en los próximos treinta minutos, incluso menos, con estos niveles cardiacos.

—¿Cree que eso sea seguro, Capitana? —cuestionó Anderson.

—¿Tienen alguna otra idea? —preguntó Wester.

Nos miramos sin decir nada.

—Colocaré el detonante, ustedes háganse a un lado —dijo Wester con seguridad.

Nos hicimos a un lado. Wester colocó una fracción mínima de un miligramo de antimateria y caminó lentamente hacia nuestra dirección con el controlador en su brazo.

—¿Creen que vaya a funcionar? —preguntó Anderson.

—Por supuesto que va a funcionar dijo la Capitana y presionó el botón rojo.

Las compuertas volaron en pedazos. El polvo se disipó.

Se podía ver el interior de la nave y las puertas de acceso a la zona de despresurización. Ingresamos rápidamente luego de que el humo se disipara.

Se callaron todos los sonidos de nuestras mentes.

El silencio nos invadió.

El calor, los vientos solares y las tormentas de piedras habían quedado fuera.

Un olor extraño embadurnaba el aire de aroma a muerte y asfixia.

Diminutas partículas de ceniza se hacían visibles en las esquinas en las que un rayo de luz se hacía notar.

Tomé una de las partículas con mis dedos y al apretarla se deshizo como burbuja de jabón.

—¿Qué creen que sea esto? —pregunté.

—¿Qué te imaginas, Wilkins?... Son los tripulantes.

El calor.

El Sol.

El puro fuego había transformado los huesos y la carne en invisible ceniza. En la nada misma.

—¿Pero qué demonios fue lo que sucedió aquí? —preguntó Anderson

—No lo sé, pero vamos a averiguarlo —contestó Wester—. Wilkins, ve al ala Sur de la nave. Busca los tanques de oxígeno como si nuestras vidas dependieran de ello. Anderson y yo iremos tras el dispositivo

Las montañas mercurianas invocaban la ayuda de su único Dios.

Tal como ordenó Wester, me dirigí al ala Sur de la nave en busca de las reservas de oxígeno.

El aire de mi traje se filtraba por mi nariz manteniéndome con vida.

Las acanaladas paredes metálicas lo conducían a uno en una sola dirección; la supervivencia.

El primero de los dibujos pasó inadvertido para mis sentidos. El segundo mandala llamó mi atención. ¿Quién había dibujado esto? Tan grande como una puerta. Perfectamente trazado. Infinitamente entrelazado. Las páginas desgastadas por el paso del tiempo.

Ingresé al ala Sur. Dibujos, dibujos y más dibujos por doquier.

—Capitana Wester, ¿me escucha?

Se escuchó interferencia.

—¿Qué sucede, Wilkins? ¿Has encontrado los tanques?

—Es otra cosa, Capitana... Las paredes... no sé cómo explicarlo...

—Ya, dilo de una vez. ¿Qué hay en las paredes? —preguntó Wester sin paciencia.

—Están repletas de dibujos... todo el ala Sur está plagada de ellos.

—¿Qué tipo de dibujos? —preguntó Anderson a través del comunicador.

—Mandalas. Parecen Mandalas —dije atónito.

—¿Qué es un mandala? —preguntó Anderson.

Mis ojos no se despegaban de las líneas y los círculos.

—Tan solo son símbolos...—dijo Wester.

—Perfectos símbolos —aclaré.

—¿Quién creen que pudo haberlos hecho? ¿El Capitán Gripp?, ¿La Teniente Adams?

—Supongo que cuando te despojan de tu hogar, te transportan a millones de kilómetros de tu familia y te someten a temperaturas infernales, entonces pierdes toda razón... Encierra a cualquier persona por miles de días y los volverás locos... eso fue lo que les pasó... —dije.

—No tenemos tiempo para especulaciones, Wilkins. Debes encontrar esos tanques y traerlos al ala Norte de la nave. Olvídate de esos dibujos.

—Como usted diga, Capitana —dije con la mirada en los miles de mándalas que vestían las paredes.

Corté la comunicación y proseguí la búsqueda de oxígeno.

Por momentos el aire no llegaba a mis pulmones. Sin aire mis pensamientos ya no eran míos.

Llegué a las compuertas de vidrio que daban acceso a un área restringida. Rompí la compuerta de cristal. Una alarma sonó sin perturbar mi paz. Más de cincuenta tanques llenos de puro oxigeno se alojaban dentro.

Reemplacé mi tanque.

El aire volvió a mis venas como lluvia fría en un día de verano en la Tierra.

—¡Anderson, Wester!... ¡los tengo! —dije efusivamente a través del comunicador.

—Debo confesar que no creí que existieren dichos tanques —contestó la Capitana—. Ven para aquí lo más rápido que puedas. Ya casi no podemos respirar. Además hay algo que debemos mostrarte.

—¿Qué sucede? —pregunté.

—Tendrás que verlo con tus propios ojos, Wilkins. —contestó la Capitana.

Tomé dos grandes tanques de oxígeno y me dirigí al ala Norte de la nave.

Recorrí los oscuros pasadizos de la nave que nos salvaría de la oscuridad y el frio. Como un infante que corre asustado, fui en busca del resto de la tripulación.

Ingresé en el ala Norte y caminé hasta el lugar donde se alojaba la enigmática antimateria. Wester y Anderson aguardaban mi llegada. Sus rostros estaban pálidos como si hubieran visto un fantasma. Sus ojos se abrieron y sus sonrisas se dejaron ver cuando me vieron llegar.

Anderson y Wester se colocaron los tanques llenos. Respiraron. Y volvieron a respirar profundamente.

—Ahora si —dijo Wester.

—¿Qué estamos haciendo aquí fuera? —pregunté.

—Hemos encontrado el dispositivo, Wilkins. —dijo la Capitana con la respiración aún agitada—.

—La antimateria —largó Anderson—. Está allí dentro —y señaló la puerta.

—¿Que estamos esperando? Vamos por ella y larguémonos de este lugar de una vez —dije.

—¡Espera! —contestó Wester—. Hay un problema.

La Capitana abrió la puerta lentamente para arrebatar toda intriga.

El habitáculo se encontraba totalmente

destrozado. Como si una guerra hubiera tomado lugar entre esas cuatro paredes. En el centro se hallaba el misil de antimateria que sería disparado al Sol si lográbamos salir de Mercurio con vida. Y a su lado, dos cuerpos sin vida.

—¿Quiénes son? —pregunté.

—El que está allí, inmóvil, atravesado por un metal, es el Capitán Oliver Gripp de la primera misión. Lo que parece ser un hombre abrazado a nuestro misil, es la máquina biológica que vino con ellos. No sabemos su nombre. Quizás ni siquiera le hayan dado uno.

—¿Creen que vaya a despertar? —preguntó Anderson.

—Imposible. —contesté.

—¿Qué hay del misil? —dijo la Teniente.

—A simple vista parecería estar en buenas condiciones —respondí—. Debería analizarlo con más cuidado antes de marcharnos.

—Por supuesto que lo está. Para eso fue fabricado. Es irrompible —agregó Wester con orgullo en su tono.

Nos acercamos lentamente al cosmonauta petrificado en el tiempo.

—¿Qué creen que haya pasado aquí? —pregunté.

—Pareciera como si estos dos hubieran peleado a muerte —dijo la Teniente.

(Lo hicieron. Más adelante tomaríamos conocimiento de lo acontecido).

Observamos el cuerpo sin vida de Oliver Gripp. Su rostro yacía intacto. Un metal atravesaba su cuerpo de un extremo a otro. El largo cilindro de aluminio entraba por su pecho y cruzaba su corazón saliendo por la espalda; con el alma atrapada.

—Si les sirve de consuelo, el hombre está retirado. Disfruta de un baño de litio y jugo de frutas todos los días junto a su mujer y su mascota hace cientos de años —dijo la Capitana—. Una vida que cualquiera envidiaría.

—Probablemente sea mejor así... —dijo Anderson y largó un corto suspiro.

—De igual forma debemos averiguar qué fue lo que sucedió aquí. ¿Creen que haya manera de revivir a esta máquina y quitarla de encima de nuestro misil? —preguntó Wester.

Nos acercamos al humanoide sin vida. Sus brazos tomaban el misil fuertemente, protegiéndolo de quien sabe qué o quién.

—Sus circuitos de energía fueron dañados. Podría intentar hacer que despierte pero incluso si lo logro sus funciones básicas podrían durar solo unos segundos activas —dijo Anderson.

—Haz lo que puedas —contestó Wester y se dirigió hacia mí—. Wilkins, haz tus estudios sobre el dispositivo y el aeromóvil a bordo de esta nave. Quiero asegurarme de que esté listo para ser pilotado. Lo usaremos para regresar al valle de forma segura.

—Por supuesto, Capitana.

Al cabo de unos minutos regresé y miré a Wester. Levanté mi pulgar hacia arriba.

—He realizado las pruebas necesarias. El misil se encuentra en óptimas condiciones y el aeromóvil se encuentra totalmente operativo.

—Excelente noticia —dijo Wester—. ¿Niveles de oxigeno?

—Noventa y cinco por ciento, Capitana —respondió Anderson.

—Noventa y tres. —contesté.

—¿Algún progreso con la máquina? —preguntó la Capitana.

—Ya casi… —contestó la Teniente.

Anderson puso sus dedos en acción y la máquina finalmente existió.

Abrió sus ojos.

Lloró.

Gritó

Y por ultimó rio.

Intentó pararse pero no lo consiguió.

—¿Dónde estoy? ¿Quiénes son ustedes? —preguntó confundido.

—Yo soy la Capitana Wester. Ellos son dos de los tres tripulantes que embarcaron en esta cruzada. Nuestro comandante ha perdido la vida unos kilómetros atrás. Esto es una misión al Sol. Hemos venido a recuperar el objeto en el cual tu yaces apoyado hace décadas, o siglos quizás. Acabas de despertar. Te hemos devuelto la vida para que nos digas que fue lo que sucedió aquí.

—¿Me das la vida pero inmediatamente pides algo a cambio? —dijo el humanoide calmo desde el suelo. Casi soberbiamente.

—¿Cómo se ha estrellado la nave? ¿Qué pasó aquí dentro? ¿Tú has hecho todos esos dibujos? ¿Y por qué maldita razón hay cenizas humanas regadas por todos los sectores del ala Este? —dijo Wester increpando a la máquina.

—¿Tú has matado a ese hombre? —preguntó Anderson señalando a Gripp.

—Si no me falla la memoria, nos hemos matado el uno al otro —contestó e hizo una pausa—. Ustedes no deberían estar aquí —afirmó luego.

—¿Qué ha pasado con la misión? ¿Por qué razón no han llegado a salir de Mercurio? ¿Por qué los positrones nunca fueron lanzados al Sol? —preguntó Wester eufórica.

—Si tienen un momento se los explicaré.

—Tenemos un minuto —contestó la Capitana.

—Verán, no existía otra opción. Tuve que evitarlo de alguna u otra forma.

—¿Estás diciendo que tú has estrellado la nave? ¿Que tú has sido la razón por la cual la misión fracasó?

—El universo no es culpa de nadie, Capitana —dijo la máquina—. Debería saberlo a esta altura del camino, ¿no cree?

—¿Qué quieres decir? —preguntó Wester.

—Las leyes de nuestros mundos... se rigen por la naturaleza —aclaró la máquina.

—¿Y por eso has saboteado todo? —preguntó Wester.

—Es complejo, Capitana. Hay un orden preestablecido. Los humanos y las máquinas bilógicas tenemos la responsabilidad de mantenerlo. No podemos alterarlo. No podemos intervenir. Ustedes entenderán...

—¡¿Qué es lo que debemos entender?! ¡Dínoslo! —dije exaltado

—Cuenta de una vez que fue lo que sucedió o así como te dimos la vida te la quitaremos en un instante —dijo Anderson amenazante.

—Está bien. Tranquilos. Intentaré explicarlo en su lenguaje —dijo la máquina mirando a cada uno de nosotros a los ojos—. Nosotros, las máquinas biológicas somos perfectos círculos, tenemos almas concéntricas, ustedes, los humanos, son líneas rectas. Impredecibles. Nosotros siempre volvemos a nuestro centro, ustedes avanzan *in eternum*. Pasé años dibujando mis ideas, llevándolas de una pared a otra, si eso responde al menos a una de sus preguntas, Capitana Wester.

—¿Qué ha pasado con la nave? —preguntó la Capitana.

—Por años estuve convencido del propósito de esta misión. Fui creado y entrenado para estar aquí.

Gripp, Baker y Adams eran mis amigos. Pero cuando llegó el momento y entendí realmente lo que pretendían, entonces tuve lo que se podría llamar una epifanía. Comprendí que nuestro Sol no es en realidad nuestro y no hay nada que podamos hacer para alterar el destino del universo. —La máquina levantó su dedo índice y luego concluyó su explicación. —No debemos hacerlo.

—¿Y qué fue lo que hiciste para llevar a cabo *tus ideas*? —preguntó la Capitana Wester.

—Me vi obligado a alterar el flujo de energía que conducía a los motores. El despegue de esta nave era una condena en sí misma. No tuve en mente que todos sobrevivirían luego del siniestro. Baker y Adams estaban en la zona sur de la nave cuando quité los escudos solares. Creo que ni ellos supieron lo que les sucedió. Sus cenizas las encuentra hoy regadas por todos los pasillos. Pero Gripp estaba determinado a continuar con la misión. Me dejó sin alternativa. Debí atravesarlo con ese pedazo de metal —dijo la máquina señalando a Oliver y continuó el relato—. Pero con sus últimas fuerzas, hizo algo que yo no esperaba, dañó gravemente mis circuitos y mecanismos de energía.

—¿Rompió el hechizo? —preguntó Wester soberbiamente.

—No la comprendo —dijo la máquina desde el suelo.

—Ser inmortal —largó Wester casi burlándose.

—Lo que has hecho es un crimen que tiene castigo de muerte o destierro, ¿lo sabes, verdad? —preguntó Anderson.

—¿Acaso parece que eso me puede llegar a preocupar? —dijo la máquina sarcásticamente. —Ya he sido desterrado. He hecho lo que tenía que hacer para mantener la armonía de la naturaleza. Del Universo entero. No hay forma de que puedan entenderlo... Además, cuando descuidas a tu dios, pierdes el beneficio de resucitarlo —concluyó la máquina biológica.

—Las abejas —dije interrumpiendo el relato a unos metros de distancia y acercándome a la máquina—. Las abejas transportan el polen, ¿lo sabias?

La máquina no contestó.

—Por supuesto que no lo sabes. Nunca has estado realmente vivo. No sabes si quiera de dónde venimos. Di lo que quieras de los humanos y sus caminos imperceptibles y vidas sin forma, pero hay algo que sabemos hacer; es sobrevivir... Pero las abejas; ellas son las heroínas de la historia. Sin ellas no hay plantas, ni alimentos, ni vida. ¿Lo entiendes ahora? ¿También iras a contarle tu cuento acerca de las leyes del universo a la reina de las abejas? Toda tu filosofía carece de sustento. Los robots simplemente no tienen lo que se necesita tener para salvar a una especie, para comprender la complejidad del destino de todo lo que tiene vida. Simplemente no lo pueden hacer.

—Tú no sabes nada de mí. —dijo la máquina.

—Sé que eres un ser limitado, que se jacta de entender la osadía del universo pero que desconoce las leyes del amor. También sé que tus decisiones nos han afectado a todos y has causado mucho dolor.

—¡Quítenle el metal del corazón a Gripp y larguémonos de este planeta de una vez! —Dijo la Capitana firme y se dirigió a la máquina una vez más—. Ya no quiero escucharte.

—Anderson, ¿crees que puedas reparar sus circuitos de energía?

—Claro —contestó acercándose—. Pero pensé que querría terminar su existencia aquí y ahora mismo.

—¿Qué hará conmigo, si no le molesta que pregunte? —dijo la máquina.

—Te llevaremos de regreso con nosotros —dijo la Capitana —. Una vez finalizada la misión con éxito, regresaremos a Nicea donde pasaras el resto de tus días frente a un piano tocando piezas clásicas de la Tierra, creando nuevas melodías para impresionar a los humanos.

—¿En serio haría eso por mí, Capitana? —preguntó la máquina.

—No. Estoy jugando contigo —contestó Wester. Te desconectaremos por tiempo indefinido. Nunca más volverás a hablar de tus ideas ni a jactarte de tus viles actos.

La Capitana hizo una seña a la teniente para que desconectara sus circuitos. Y así como la máquina abrió sus ojos, existió, lloró, gritó y rio, cerró sus ojos y dejó de existir.

III

Las tormentas solares habían cesado. El silencio regía una noche con Sol.

Por primera vez desde que habíamos llegado a Mercurio, teníamos la posibilidad de tomarnos un segundo para respirar, para analizar nuestros siguientes pasos.

Equivocadamente, creíamos que teníamos todo a nuestro favor. Contra todo pronóstico, habíamos sobrevivido a la larga caminata y habíamos recuperado el trozo de antimateria en perfectas condiciones. Por otro lado, ya no necesitaríamos oxígeno para nuestro regreso debido a que robaríamos el aeromóvil que carga el misil a cuestas, evitando posibles tormentas solares. Y por último volveríamos con el cuerpo intacto de Oliver Gripp; héroe incuestionable de la primera misión.

Abandonamos lo que quedaba del cohete en el aeromóvil que cargaba el objeto de antimateria dejando atrás todo los sucedido en los últimos dos siglos.

Una lenta pero profunda melodía que jamás había llegado a oídos de ningún humano, nos acarició mientras nos elevábamos agitando las suaves arenas rojas y saludábamos sin mover las manos.

—Solo les pido un favor. Si llego a morir aquí, lejos de casa, déjenme ir. Mi propósito estará cumplido. No quiero transformarme en una de esas máquinas que ves en la zona Este de Nicea —dije agotado.

Uno de los beneficios de nuestra peligrosa profesión era la posibilidad de vivir eternamente acaecida nuestra muerte. Una vez que nuestros cuerpos bilógicos dejaran de funcionar, nuestros órganos serian vueltos a fabricar e integrados en una máquina. Pero había algo en la idea de ser sustituido que me aterraba. La manufactura de un cuerpo entero, incluido cerebro y corazón no era compatible con mi alma, mis ideas.

—Tienes mi palabra, Wilkins. Si algo llegara a suceder, aquí te quedarás... en las estrellas —dijo la Capitana mientras conducía el vehículo espacial con el preciado objeto a cuestas por el peligroso espacio a oscuras.

Anderson no había pronunciado una palabra desde que habíamos comenzado el camino de regreso a nuestra nave.

—¿Te encuentras bien, Anderson? —preguntó la Capitana Wester.

—Si —dijo la Teniente y volteó hacia nosotros—. Es solo que me he quedado pensando en lo que dijo la máquina. ¿Quiénes somos nosotros para tomar las decisiones del Universo?

—Maldigo a un mundo que necesite héroes, pero aquí estamos, ¿verdad? —contesté.

Nadie dijo una sola palabra. El silencio llenó cada rincón de la nave de cuestionamientos.

No se trataba de salvar a nuestro Dios. O a los humanos. Se trataba también de nuestro planeta. La Tierra. Y todas las especies que allí viven aún, al borde de una extinción casi certera a causa del frio y del hielo, de la falta de alimento. Se trataba de verter las gotas de un hechizo humano propio de la ciencia en el núcleo de una estrella muerta, con la débil esperanza de generar una emisión de energía tan alta que fuera capaz de devolver los veranos a los terrícolas. Se trataba realmente de salvar a todo un imperio; el Imperio del Sol.

Cuando la luz se ocultaba en Mercurio, los vientos solares reducían su velocidad, el calor se escondía en alguna cueva hasta la mañana siguiente y las estrellas podían verse en su totalidad.

A lo lejos asomaba la cúpula de nuestro cohete. Cuatrocientos veinte días de odisea espacial llegaban a su etapa final. Y aunque admito que ninguno de nosotros creyó que llegaríamos tan lejos, nos habíamos preparado toda la vida para este momento.

—Jamás creí que fuera a decir esto, pero creo que extrañaré este planeta —dijo la Teniente Anderson pensativa.

—¿Extrañar? ¿Qué es lo que puedes extrañar de un lugar como este? Yo no puedo esperar a largarme de aquí —dije.

—No lo puedo explicar con detalle. Quizás sea la gravedad a la que no estamos acostumbrados, o el simple hecho de pisar tierra firme por primera vez en nuestras vidas —agregó Anderson—. Pero definitivamente echaré de menos el tiempo que pasamos aquí.

—Pero tan solo han pasado unas horas—condenó la Capitana.

—Lo sé —contestó la Teniente mirando el paisaje asesino.

—Te diré algo. Podré extrañar a una mascota, a una antigua novia, un paisaje, un momento, incluso una bebida o una comida que acariciaba mi paladar en una era pasada... pero jamás extrañaré este planeta —dije ardiente.

El camino y la noche nos regalaron un momento de reflexión. Algunos rayos anunciaron la llegada de una muerte más.

El tiempo se petrificó por un instante mientras nos deslizábamos suavemente hacia la débil tormenta mercuriana.

—¿Cuánto tiempo para que asome el Sol por el horizonte? —preguntó la Capitana.

—Dos horas y veinte minutos —contestó Anderson.

—¿Cuánta distancia tenemos hasta el valle? —indagó Wester.

—Unas 50 millas.

—Tendremos que apurar la marcha. Quisiera evitar la tormenta al frente y la luz del Sol en lo posible. El cuerpo de Gripp no soportaría el traslado con un traje perforado.

—A la orden, Capitana —contesté.

Nos desplazamos por encima del terreno desconocido a la máxima velocidad posible.

El horizonte cambió de color. El matiz de una noche y un amanecer fatal se confundía en la línea que dividía el cielo y el suelo.

—Demasiado tarde —dijo la Capitana en voz baja.

—La temperatura exterior es de 90 grados centígrados y sigue en ascenso —dijo Anderson.

—Tiempo estimado de llegada al cohete, 2 minutos —dije a viva voz.

—95 grados centígrados —dijo Anderson.

—Wilkins, cuando lleguemos tú y yo cargaremos el cuerpo de Gripp. Anderson, tú te encargarás de pilotar el aeromóvil de forma segura hasta dentro del cohete, asegurarás la bomba de antimateria y volverás con nosotros.

—Entendido, Capitana —dijo Anderson y continuó hablando—. ¡120 grados centígrados!

El primer rayo de Sol asomaba detrás de las regocijantes montañas mercurianas mientras llegábamos a nuestro cohete.

—10 segundos para el arribo. Todos a sus puestos —dijo la Teniente a los gritos.

El aeromóvil tocó el suelo.

La teniente Anderson dio la orden. Descargamos el cuerpo por la compuerta trasera.

El aeromóvil se alejó.

Llevamos el cuerpo de Gripp bajo los rayos de calor y los primeros vientos solares de la mañana. Lo bajamos con el mismo cuidado con el que se toma en brazos un bebe ajeno recién nacido.

Si bien el propósito de nuestra misión no era traer su cuerpo, devolverlo a su hogar se había vuelto una prioridad.

—180 grados centígrados, Anderson. Tienes un minuto para regresar antes de que los vientos solares atraviesen el valle —dijo la Capitana por el intercomunicador.

—El dispositivo de antimateria se encuentra asegurado y listo para ser lanzado al Sol —confirmó Anderson por el comunicador. ¡Ya estoy en camino!

—¡240 grados centígrados! Los vientos ascienden a 300 kilómetros por hora. ¡Tiene que regresar ya mismo, Teniente! —largó la Capitana.

Pequeña como una hormiga pudimos ver la figura de la Teniente entre la roja brisa y las olas de calor.

—Perdonen si no... — largó la Teniente dando un pequeño paso adelante. Pero antes de que volviéramos a ver sus dulces ojos o incluso a escuchar su voz, un viento solar se la llevó junto con su valentía.

—¡¡¡Anderson!!! —alcanzó a gritar Wester.

—No tenemos tiempo de sobra, Capitana. Debemos marcharnos cuanto antes o terminaremos como la Teniente

Corrimos hacia el ala Este de la nave. Cerramos las compuertas. Pasamos por la cabina de presurización. Nos quitamos los tanques y los trajes. Volvimos a ser humanos aunque sea por un tiempo.

Nos sentamos en nuestras posiciones de mando. Los asientos vacíos de Lodeville y Anderson me recordaron la fragilidad de la misión y la vida.

Una gran bola de fuego acalló el calor y silenció Mercurio. Los motores rugieron como una horda de leones enfurecidos.

—Motores encendidos, Capitana —largué eufórico—.

—Nos largamos de este lugar...—dijo la Capitana Wester y accionó el despegue.

—Novecientos mil metros para abandonar Mercurio —dije desde mi asiento mientras nos elevábamos.

Los vientos solares inclinaban el cohete hacia un lado y hacia el otro, las electro piedras rozaban el metal terrestre y nos hacían sentir frágiles como un hilo rojo.

—¡Setecientos mil metros! —grité.

—¡No hemos alcanzado suficiente velocidad! —gritó la Capitana mientras la sal ahogaba sus ojos.

De pronto ya no se trataba de escapar, ahora luchábamos por sobrevivir. Porque de eso se trata. De escapar sin morir en el intento, de eyectarse contra la fuerza del cosmos y llegar a tocar el Sol, pero... ¿cómo hace uno para escapar de un planeta que utiliza toda la fuerza de la física para sabotear tu huida, para sofocarte...?

Como un sabio fanático del orden de la naturaleza que conoce nuestro destino, Mercurio echaba todo el poderío de su magia para frustrar nuestra misión.

—¡Seiscientos mil metros!—dijo Wester a viva voz.

—¡Volaremos en pedazos! —largué.

La Capitana gritaba órdenes mientras intentaba conducir la nave fuera de la fuerza del viento solar, luchando contra la física por subsistir, viajando a gran velocidad, con el Sol frente a nuestros ojos.

—¡Cuatrocientos mil metros!

El ruido de mil grillos perforaba cada planchuela de metal que integraba la nave.

—¡Los metales no han sido fabricados para soportar tanta presión! —dije eufóricamente.

—Tendrán que soportar —contestó la Capitana con firmeza.

La tormenta de viento solar en la que nos habíamos metido amenazaba con dejar morir todos nuestros sueños en ese preciso lugar, tomar nuestros corazones, estrujados y hacerlos estallar en una fracción de segundo. Olvidar la idea de salvar al Sol.

Como un avión de papel sin dirección, los escudos de resistencia se desprendieron de la nave y se chamuscaron como un juguete de plástico.

—¡Hemos perdido los escudos de resistencia! —alertó Wester.

—¡Cien mil metros!

El viento solar sacudía la nave y la envolvía de luminosidad.

Las electro piedras que golpeaban la nave producían el sonido de miles de chispas rozando contra el metal e iluminaban nuestros rostros.

—¡Capitana, ha sido un honor compartir esta misión bajo su mando! —dije rendido a las leyes de la física y los Dioses. Quizás la máquina tenía razón, llegué a pensar. Quizás sea el universo protegiéndose de nosotros, el que decide sabotear todo nuestro plan.

Pero de algo sí estoy seguro. Si pudiera escapar del Sol y la gravedad, juro que agradecería cada segundo de sangre que corre por mis venas, cada abrir y cerrar de párpados que da vida a mis ojos, cada latido de euforia que alimenta mi carne.

Pero yo, mejor que nadie, sabía que la salvación solo era un macabro juego de mis fantasías. Un truco para amansar la mente y ponerla a dormir hasta que lo peor haya sucedido.

Nadie escapa al Sol. Al magnánimo calor que transforma los sueños en fracasos y el miedo en puro coraje.

No existe forma de eludir a la fuerza de mil demonios y salir impune sin un rasguño, simplemente no existe forma.

Pero antes de que todo sucediera, la Capitana me miró fijo a los ojos y me dirigió unas últimas palabras;

—La verdadera gloria de la vida…—dijo y por un segundo los motores se callaron, las chispas se apagaron y la nave dejó de sacudirse—. La verdadera gloria de la vida… es sentirlo todo… Y si nos toca morir en el intento, ¡que así sea! Pero hoy no es ese día. ¿No ves que estamos más vivos que nunca?—y en cuanto terminó de pronunciar la frase la nave se llenó de Sol y de silencio.

Los vientos solares cesaron.

La Capitana Wester festejó el hecho de salir de Mercurio con vida. Pero debo admitir que yo estaba listo para volar en pedazos. Listo para renunciar a la hazaña.

—Debemos dar aviso de lo sucedido a Lodeville y Anderson. Querrán comenzar los preparativos para la ceremonia que dará vida a sus sustitutos.

—Por supuesto, Capitana. Enviaré el mensaje una vez que hayamos entrado en la zona del planeta rojo.

La calma de las mareas espaciales traía el recuerdo de la lejanía; el dulce terror a la soledad.

IV

El aroma del frio y la escarcha congelada de Nicea nos perseguía machacándonos el cerebro, haciéndonos caer en la cuenta de que aún no habíamos logrado nada.

Solo éramos nosotros y el Sol en el horizonte. Quemando nuestra alma sin saberlo. Desplazándonos a miles de teas al viento, empujados por la ausencia de la gravedad.

Afortunadamente, la primera y única de nuestras paradas en suelo firme nos había dado el último trozo de aliento que necesitábamos para culminar la misión y lanzar los miligramos de energía de antimateria que traerían quinientos veranos de puro calor. Y por vez primera desde que nos habíamos embarcado en el cohete, nos relajamos y conversamos sin pensar en el destino de la misión.

Habíamos estimado el arribo a la zona de lanzamiento del objeto para dentro de cuarenta y cinco minutos.

—¿Distancia al Sol? —preguntó Wester.

—Diez millones de kilómetros.

La pura temperatura comenzaba a penetrar por los poros de nuestra piel; nuestros pensamientos.

—Supongamos por un instante que todo fuera a salir de acuerdo a lo planeado, que llegáramos a la distancia mínima a la cual podemos acercarnos al Sol, que el objeto y la nave arriben sin un rasguño, que luego de todo eso lancemos la antimateria en la trayectoria indicada, y que la fusión química y las cantidades finamente calculadas sean las suficientes para dar nueva vida al Sol... entonces, ¿cuánto tiempo tardarán en Nicea en saber que lo hemos logrado? —pregunté.

—Tan solo unos minutos —contestó Wester.

—Ya puedo imaginar las fiestas en la capital dando la bienvenida a décadas de verano, siglos quizás... —largué.

—Ya estás festejando antes de tiempo, Wilkins —dijo Wester.

—Usted sabe, Capitana. La ley de la atracción...

La Capitana rio.

—Deberé comenzar a alistarme para salir —dijo.

—¿Ir allá afuera? —pregunté odioso.

—Así, es —dijo la Capitana y afirmó con la cabeza—. Alguien tiene que salir y conducirse por el ala norte de la nave hacia el módulo exterior para accionar el disparo de la antimateria y regresar antes de que haga contacto con el Sol.

—Es una misión suicida —largué.

—Yo iré. Es mi responsabilidad. No puedo permitir perder a todos mis tripulantes —dijo la Capitana.

—Tendré que oponerme firmemente entonces —contesté—. Verá, Capitana. Yo he venido aquí a morir, a dar todo de mí, a salvar a mi mundo, a mi gente... además, ¿quién pilotará la nave de regreso con el Capitán Gripp y contará nuestra odisea al Sol?

—Tú puedes pilotar la nave igual que yo, Vamos... —contestó la Capitana.

—Usted es joven, debe regresar con su familia. Yo soy solo un soñador que cree en el *Ojalá*.

—¿En el *Ojalá*? —preguntó la Capitana.

—Así es —contesté—. Ojalá volviera a Nicea para pasar las tardes con algún amor charlando frente al Sol, ojalá el resto de mis días fueran de paz y reflexión, ojalá pudiera morir a los cien años en brazos de quienes me aman y cuidan ... pero *Ojalá*, casi siempre, nunca llega.

La Capitana escuchó cada una de mis palabras y accedió a mi pedido.

—De acuerdo, Dejaré que seas tú quien vaya, pero yo estaré aquí cuidando de ti. No dejaré que te pierdas ahí fuera. Y si algo llegara a sucederte, arriesgaré mi vida para ir por ti —concluyó—. Eso es innegociable.

Continuamos desplazando la nave en dirección al Sol con la fija mirada fulminante en un sistema solar cuyos últimos fragmentos de esperanza viajaban con nosotros. Pero no era miedo lo que se sentía por dentro, tampoco era cobardía ni temor. Era coraje. Era ese sentimiento que invade tu cuerpo cuando todos tus sentidos se encuentran a la defensiva y sabes que solo hay una manera de seguir; darlo todo.

Llegamos al Sol; el Dios de cristal.

El grueso ventanal a nuestros pies, por el cual podíamos apreciar la dulce vista, filtraba cada rayo y lo convertía en una suave imagen para el ojo.

Rojo. Naranja. Amarillo. Negro. Gris. Violeta. Algo de verde. Azul. Blanco. Un inmenso volcán debajo de nosotros; como un feroz animal lastimado al que intentas curar.

—Ya no podemos acercarnos más, Wilkins —dijo la Capitana.

Los metales comenzaban a fundirse lentamente, los instrumentos lanzaban chispas y el aire hervía los segundos del reloj.

—Ha llegado la hora —dijo la Capitana Wester en voz alta—. Me pregunto si allí a lo lejos se imaginan lo que estamos a punto de hacer.

—Le aseguro que no se lo imaginan, Capitana— contesté orgullosamente

Wester ayudó a colocarme el traje para abandonar la nave. Sin él la temperatura devoraría mis órganos; mi sensatez.

Un solo paso en falso y terminaría cayendo al Sol. Un error de cálculo y me quedaría sin oxígeno. Una pequeña lluvia de asteroides, un viento solar, la gravedad de Mercurio...¿quién sabe ya? El acto en sí mismo era suicida. Un salto al vacío.

—Recuerda que tienes tan solo tres minutos para regresar una vez que dejes caer el misil. Si no, tendré que ir tras de ti, y no quiero hacerlo —dijo Wester.

—¿Tres minutos? —contesté—. ¿Quién necesita tanto tiempo?

Wester abrió las compuertas. Ingresé a la cámara de salida. Se cerraron las compuertas. Saludé levantando mi pulgar.

Caminé lentamente hacia la puerta circular. Di vuelta la manija diez veces en sentido contrario a las agujas del reloj. Se abrió. Aseguré el arnés de mi traje con el cable de metal que serviría de cuerda para evitar que los vientos solares me soplaran como a un insecto diminuto.

Me adentré en el espacio. Amenazado por el calor, las llamas, el miedo a una muerte dolorosa. Y el ruido... el inmenso y turbulento ruido que fácilmente reventaría mil tímpanos con una leve explosión de hidrogeno.

Advertí pequeñas burbujas en mi traje. La temperatura comenzaba a comerme vivo y tan solo llevaba segundos fuera.

Perdí el eje. La concentración.

—¡Arriba! —me dije a mi mismo—. Si logras hacer esto, será lo último que hagas.

Pero estando ahí, frente a lo más cercano a un Dios que he conocido, entendí que no hay amos ni reyes que puedan gobernar el Sol. Menos unos simples humanos. Dependíamos exclusivamente de su voluntad.

Caminé sin apoyar los pies, rodeado de las estrellas por un lado, asediado por el Sol.

—Sigue así, Wilkins —dijo la Capitana por el comunicador.

Pero el Sol... el brillo, su calor, sus vientos y rayos...obnubilaron mis pensamientos.

Detuve mi marcha. Me tomé con firmeza de la cuerda metálica. Mis guantes, mis brazos, mi casco; todo se derretía. El Sol lo hacía pedazos. *Me* hacía pedazos.

Observé el poder de la creación. Cualquiera sea.

—¡Wilkins! —Oí decir como un zumbido que no lograba descifrar—.

—Mi traje, Capitana —dije por el comunicador.

—¿Qué le sucede? —preguntó Wester.

—No soportará. La temperatura me devorará antes de que llegue al misil.

—No lo hará. Tienes tiempo suficiente —contestó—. ¡Puedes hacerlo! Solo tienes que poner tu mente en ello.

—De acuerdo, Capitana —concluí—. Puedo hacerlo.

Continué camino al dispositivo. Separando mis dedos uno por uno y moviendo mis brazos de forma cuidadosa mientras el dolor de cabeza ebullía en mi interior. Mis poros inundados de transpiración, mis cabellos mojados y el tormentoso fuego no fueron suficientes para detener mi espíritu determinado, entregado.

Llegué finalmente al ala Norte. Di la buena noticia.

—Estoy aquí, Wester —dije con el poco aliento que me quedaba en los pulmones.

—¿Qué ves? ¡Háblame! —dijo la Capitana efusivamente.

—Los circuitos inalámbricos se fundieron por completo —largué.

—Nuestra salida de Mercurio —declaró Wester en voz baja.

—El resto se encuentra intacto, Capitana. Estoy listo cuando usted lo esté —dije.

—Esto que estamos haciendo es para ustedes —dijo Wester y culminó diciendo—. Por Lodevile y Anderson, por Gripp, por Baker y por Adams... por todas aquellas personas que viven en la Ciudad de Nicea y no tienen idea de que sus vidas están a punto de cambiar.

—Por todos ellos —grité.

—¡Lanza el objeto de una vez! —largó Wester.

Sentí la energía de mil Dioses echando fuego por sus bocas y sus ojos. Pidiendo a gritos que los salvara de la muerte; la extinción o el olvido.

Accioné el mecanismo. El objeto se desprendió casi en cámara lenta. Como una semilla que cae en tierra fértil. Como un fruto que se desprende de la rama de su árbol y cae al suelo eternamente. Como una bala de hielo que perfora un corazón y luego desaparece... la antimateria penetraba un Sol enfermo, devolviéndole toda su existencia.

—Wilkins, ¿me escuchas? —preguntó la Capitana—. Tienes que regresar de inmediato. Tan solo tienes algunos segundos para hacerlo.

En este punto ya no supe diferenciar si lo que se licuaba era mi traje o mi piel. Mis pies echaban flamas. Mis manos goteaban lava.

—Capitana, usted debe largarse de aquí. Mire como estoy. Yo ya estoy muerto.

—¡Iré por ti! Así tenga que dar la vida en el intento.

—La decisión no es suya, Capitana. No dejaré que comprometa la misión.

—¡Te ordeno que regreses a la nave! —gritó Wester.

—Compartir esta odisea con usted, ha sido el mayor honor de mi vida, Capitana. Tan solo asegúrese de que todos allí sepan que fue lo que nos sucedió. Que sepan que lo dimos todo —dije y cerré el canal de comunicación.

Escuché una última palabra de Wester que no llegué a descifrar.

Pequeños orificios de calor aniquilaban mi designio, y con él, toda oportunidad de revivir.

¿Qué es la vida sino una gran oportunidad para hacer de este universo un lugar mejor?

Me soltaría del cable de seguridad.

Me dejaría caer al Sol.

Bienaventurado

Protegido.

Pleno.

Cuando estas a punto de morir hay un solo sentimiento que gobierna todo tu ser; la paz.

Comprendí entonces aquella frase que nos dijo Wester un millón de vidas en el pasado; *la verdadera gloria de la vida es sentirlo todo.*

Cerré los ojos.

—Ten mi vida, Universo. Te la doy —largué a las miles de estrellas y me solté al Sol.

Pero como un ángel de la guarda de cabellos delgados que salta al vacío y extiende su mano para regresarte al mundo de los vivos, la Capitana Wester ya me tenía en sus brazos. Y mientras entraba y salía de un corto pero profundo sueño del que no pensé despertar, escuché su voz.

—Todo va a estar bien —escuché a alguien pronunciar.

—¿Qué ha sucedido? —pregunté aturdido. Regresado de la muerte.

—¿No dije acaso que vendría por ti si fuera necesario? —dijo la Capitana—. Quizás *Ojalá*, esta vez realmente se cumpla —dijo Wester.

Y así como evitó mi caída al Sol, me llevó de la mano a la salvación.

Regresamos al cohete justo a tiempo antes de que el misil detonara. La misión estaba casi cumplida. Nos relajamos. Nos miramos a los ojos y nuestras almas rieron sin sonreír.

Culminando siglos de viajes espaciales y misiones de rescate, como un microgramo de polen que cae a una flor y se introduce en su pistilo, el objeto de antimateria penetraba el Sol casi muerto y le devolvía sus latidos.

Una inmensa luz enceguecedora resplandeció.

La vista se nubló. El estruendo retorció los metales y quemó algunos circuitos.

Los vientos solares azotaron los valles de las montañas Mercurianas.

El calor de un milenio pasado regresó a los aires galácticos.

El primoroso Sol finalmente recobraba su vida.

—Es hora de volver a casa —dijo Wester.

—Lo logramos, realmente lo hicimos —concluí.

Con este acto culminaba una carrera espacial hacia la supervivencia. Un desafío contra la naturaleza que supimos sobrellevar con éxito. Luego de varios siglos, hoy cerramos una etapa y comenzamos una nueva.

Nuestra nave se alejó mientras dejaba una estela de humanidad en el espacio. Una gran huella.

Una sociedad festejaría el rompimiento de un hechizo eterno, y bailaría y cantaría por días, atribuyendo todo éxito a los locos cosmonautas que enviaron al Sol.

El cristal de un girasol eterno se quebraría con la luz de un verdadero Sol rejuvenecido que derretiría la nieve y traería de regreso los árboles con semillas.

La energía de todos los Dioses nos bañaría de armonía; y nos diría que todo saldría bien. Que podíamos ahora jugar eternamente en los jardines de la galaxia.

FIN

Todos los derechos reservados
ISBN: **9798646256479**

Made in the USA
Columbia, SC
22 January 2025